L'HONORABLE
COLLECTIONNEUR

"Lettres néerlandaises"
série dirigée par Philippe Noble

DU MÊME AUTEUR

DÉBÂCLE, Actes Sud, 2018 ; Babel nº 1666.
JE NE SUIS PAS LÀ, Actes Sud, 2023.

Titre original :
De eerlijke vinder
Éditeur original :
Das Mag Uitgevers, Amsterdam

ISBN 978-2-330-19258-7

LIZE SPIT

L'Honorable Collectionneur

roman traduit du néerlandais (Belgique)
par Emmanuelle Tardif

ACTES SUD

pour Elbie Zenelaj

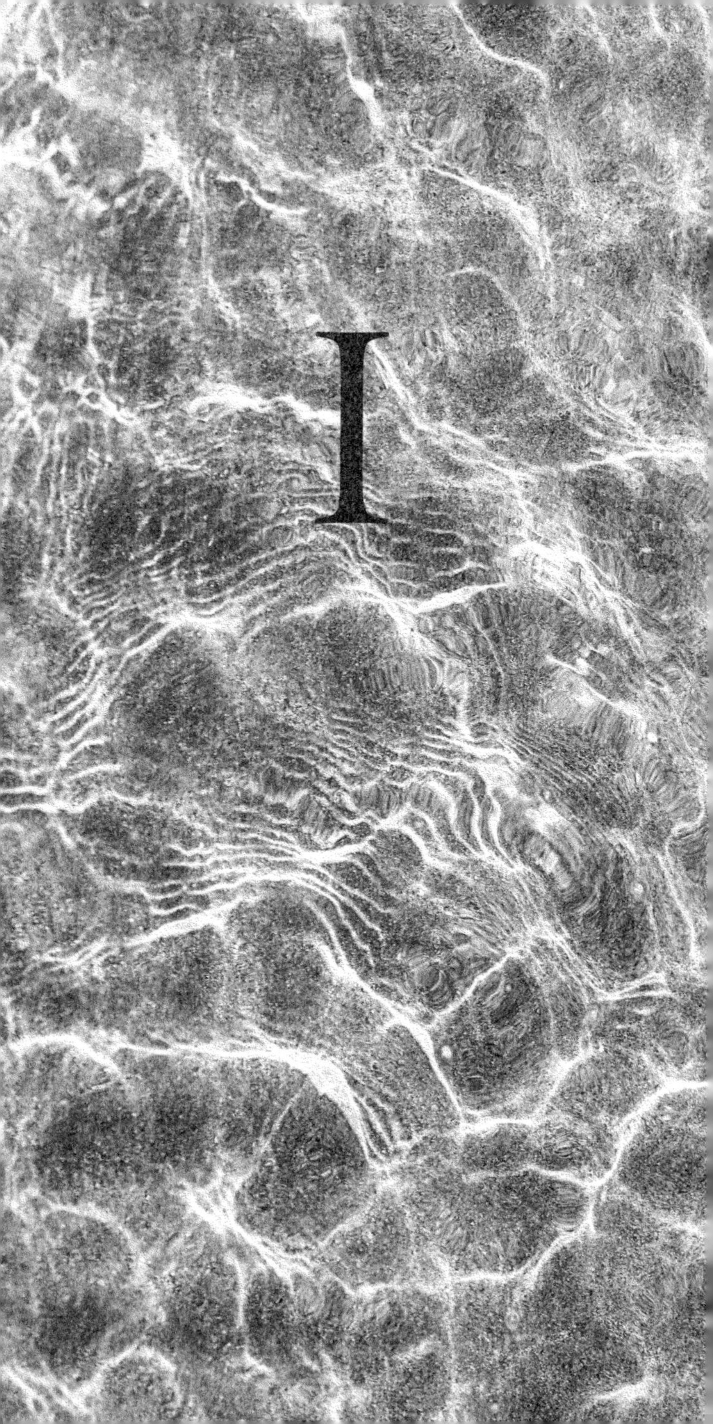

I

Tristan ne pouvait pas en dire beaucoup plus par téléphone. Il avait imaginé un plan, qu'on mettrait à exécution demain, et pour ça ils avaient besoin de lui, alors ce serait pratique si Jimmy venait dormir à la maison. Est-ce qu'il pourrait déjà arriver en début d'après-midi ?

Tristan a raccroché sans lui laisser le temps de poser une question. Jimmy restait planté là, le combiné à la main.

C'était la première fois que quelqu'un – Tristan, donc pas n'importe qui – l'invitait pour la nuit. Dans la famille Ibrahimi, on ne dormait pas chacun dans son lit, mais tous ensemble sur des matelas posés à même le sol, Jimmy l'avait vu de ses propres yeux au cours d'une récente partie de cache-cache, lorsqu'il s'était engouffré dans la chambre à la recherche d'une planque. La pièce ressemblait à un vœu exaucé, à une piste d'atterrissage tapissée de couvertures et d'oreillers sur lesquels on pouvait enchaîner les galipettes et faire la roue, ou le poirier, sans se casser le dos.

En s'imaginant là-bas le soir même, allongé entre Tristan et ses sept frères et sœurs, Jimmy sentait bruire dans sa poitrine quelque chose de joyeux, mais aussi d'étouffé, comme si un musicien frappait son triangle avec une carotte.

Seulement, avant la fête, Jimmy devait accomplir sa tournée quotidienne. Afin, comme il le formulait lui-même, d'exercer sa profession, qui consistait pour l'essentiel à faire preuve de vigilance et d'honnêteté. Car en plus d'être le meilleur ami de Tristan, il s'apprêtait à devenir un collectionneur célèbre dans le monde entier. Et qu'est-ce qui distinguait un collectionneur célèbre dans le monde entier d'un collectionneur très probablement médiocre ? La détermination à ne s'écarter en aucun cas de son itinéraire. Ni sous la pluie, ni sous la grêle, ni sous l'effet de l'anxiété. Alors en route ! Casquette sur la tête, double nœud aux lacets, jambe droite du pantalon rentrée dans la chaussette.

Jimmy est sorti du lotissement sur son BMX acheté trop grand pour lui, un vélo à quatorze vitesses équipé à l'avant d'une lampe qu'il avait marquée de ses initiales au feutre noir. Maintenant, tourner à gauche route d'Herentals, continuer tout droit pendant un kilomètre jusqu'à la sortie du verger de Broechem, où les automobilistes venus chercher des pommes en libre-service laissent parfois tomber de la monnaie par terre au moment de payer leur achat dans une tirelire placée à hauteur de vitre. Ensuite, prendre la N14, passer par le café Cool Down, par le magasin de vins et spiritueux, par les restaurants De Engel et Patriot, par le plus grand nombre possible de commerces situés en bord de route, pour aller tâter le réceptacle des machines à sous, des distributeurs de cigarettes, des monnayeurs dans les salles de billard, puis direction les vestiaires du club de foot, contrôler les casiers. Mais pour l'instant, pédaler en gardant les yeux posés sur le macadam, à l'affût de la moindre piécette égarée. Ça ne le gênait pas de s'arrêter à chaque distributeur automatique de pain, de friandises ou de préservatifs, à chaque horodateur, ni de rassembler les chariots sur le parking du Lidl, d'Aldi, du GB, de la jardinerie et du vendeur de carrelage – non seulement parce que la vue du désordre le rendait nerveux, mais aussi parce qu'il y avait souvent vingt francs belges à glaner.

Il était presque rendu au centre du village, le point le plus avancé de son itinéraire, sur la place où il ferait demi-tour pour rentrer à la maison par un autre chemin. La chance ne lui avait pas encore accordé l'ombre d'un sourire. Au loin, il apercevait l'agence du Crédit coopératif, qui offrait en théorie le plus grand nombre de possibilités grâce à son distributeur de billets, objectif ultime de ce périple.

L'atmosphère était nuageuse, tiède et calme, il n'y avait pas de petits drapeaux claquant au vent sur le toit de la baraque à frites. Un temps moyennement estival qui ne collait pas tout à fait avec l'excitation ressentie par Jimmy en ce jour où, pour la première fois de sa vie, il était invité à dormir chez un copain.

Au début, il n'a rien remarqué. Force de l'habitude, ses coups d'œil au distributeur de billets s'accompagnaient déjà de pensées relativisantes – ce serait quand même trop facile, hein, de trouver de l'argent devant une agence bancaire… Mais une fois suffisamment près, il a reçu un choc qui s'est répercuté dans tout son corps, sous forme de tremblements. Juste au moment où son esprit s'attardait du côté de Tristan et de la soirée à venir, ce qu'il espérait depuis des mois devenait réalité : une liasse de billets dépassait de l'appareil. La source de toutes les fortunes, l'usine à trésors des riches, avait donc gardé quelque chose pour Jimmy !

Il aurait voulu faire durer ce bonheur le plus longtemps possible, l'étirer comme un filament interminable, il aurait voulu aller chercher Tristan pour multiplier par deux cette joie, mais, de peur que le distributeur ne change d'avis et ne ravale l'argent, Jimmy s'est dépêché. Lâchant son BMX, il a couru sur le large trottoir jusqu'au guichet automatique, jusqu'à la fente de retrait des billets. Il devait les compter – impossible de revendiquer l'authentique découverte de ce trésor avant de savoir pour combien il y en avait exactement. C'était tout un paquet, il n'avait jamais eu en main une quantité d'argent telle qu'on puisse en sentir le poids. Sur le billet de cinq cents francs figurait un personnage à la mine austère. Jimmy a plaqué le portrait de cet homme contre ses joues, d'abord à droite – merci monsieur ! – puis à gauche – merci ! Pourquoi ne lui avait-on jamais dit qu'un billet neuf était aussi lisse, aussi doux qu'une taie d'oreiller fraîchement repassée ?

Il a toutefois jeté un regard autour de lui. La statue équestre au milieu de la place, la devanture fermée du snack-bar, le portail de la caserne des pompiers… Non, ce n'était pas un canular, aucune équipe de télévision ne se précipitait vers lui caméra au poing, il n'y avait même pas un seul témoin, le centre du village semblait déserté.

Jimmy recomptait l'argent, craignant que le monsieur austère ne se mette à protester d'avoir été trouvé par un garçon nommé Sas, fils d'un assureur en faillite, mais non, il y avait bien dix billets bleus, ce qui faisait – sauf erreur de calcul – un total de cinq mille francs belges.

Cinq mille francs : autrement dit, plus de deux cent cinquante paquets de chips à l'hypermarché. Et plus de deux cent cinquante paquets de chips format familial, ça voulait dire plus de sept cent cinquante flippos*, soit autant de chances de tomber sur un exemplaire manquant.

* Les flippos, petites rondelles de plastique à l'effigie des héros de Looney Tunes (Titi, Bugs Bunny, etc.), étaient offerts aux consommateurs belges par la marque Smith's dans les années 1990. En France, on collectionnait plutôt les "pogs". *(Toutes les notes sont de la traductrice.)*

Après avoir reniflé ces billets à l'odeur étonnamment neutre, il les a roulés en un gros cigare qu'il s'est coincé entre les lèvres comme M. De Mesmaeker dans les albums de Gaston Lagaffe, sauf que Jimmy n'était pas un riche homme d'affaires apportant plein de contrats à signer, il allait bientôt être mieux que ça : un collectionneur célèbre dans le monde entier.

Il est reparti chercher son vélo. Il avait encore tout le trajet du retour pour cogiter sur la marche à suivre. Mais avant, il s'arrêterait au magasin le plus proche acheter quelques paquets de chips, enfin, autant qu'il pourrait en charger son BMX, un sac de courses accroché à chaque poignée du guidon, en attendant de les offrir, délestés de leurs flippos, à chacun des Ibrahimi – un arôme par membre de la famille. Non : il devait s'y prendre avec astuce, mieux valait dépenser la totalité de cette somme chez un seul et même fournisseur, vu que les flippos étaient insérés par ordre numérique dans les sachets qui défilaient sur la chaîne de l'usine, alors en achetant un lot complet, on était certain d'avoir toute la collection d'un coup, du numéro 1 au numéro 295, et même en double. Il pourrait montrer sa liasse de billets à Tonton Kurt – toujours très gentil avec les clients qui avaient beaucoup d'argent sur eux – et lui demander de le conduire chez Metro avec la remorque. À sa connaissance, personne dans la région ne possédait encore une collection entière de flippos. Le quotidien local écrirait certainement un article là-dessus et enverrait un photographe, comme il le faisait pour le gagnant du concours de potirons ou pour le détenteur du record de pêche au brochet.

Jimmy la voyait déjà, la cérémonie sur la place principale, avec le bourgmestre qui le féliciterait d'avoir été le premier à compléter deux collections de flippos, avec la fanfare et les majorettes, dont les deux aînées Ibrahimi, il y aurait des tables pliantes fournies par la commune, revêtues de nappes en papier et garnies d'appétissants bols de chips, il y aurait des applaudissements, peut-être même que son père viendrait, sans parler du plus important, du *moment suprême** : la remise officielle des doubles à Tristan, qui les recevrait bouche bée et deviendrait instantanément lui aussi un collectionneur de premier plan.

Jimmy a consulté sa montre : il était plus que temps d'y aller pour arriver à quatorze heures chez Tristan. Jamais il n'avait été en retard.

Juste au moment où il s'apprêtait à enfouir la liasse de billets dans le sac-banane qu'il avait fixé au guidon, une voiture de sport blanche s'est approchée à vive allure avant de freiner brusquement devant l'agence bancaire. En a surgi une dame à la mise impeccable, perchée sur de hauts talons. Son corps nerveux était

* En français dans le texte.

fin comme celui d'un lévrier. Passant tout près de Jimmy, elle a foncé droit sur le distributeur automatique. Là, après avoir inspecté l'appareil et malmené le clapet du compartiment à billets, elle s'est retournée. C'est alors seulement qu'elle l'a vu. Ses yeux se sont posés sur le sac-banane, dont Jimmy n'avait pas encore fermé le zip. Maladroitement, il s'est efforcé d'escamoter l'argent dans la poche arrière de son pantalon.

"Tu ne viendrais pas de récupérer des billets de cinq cents dans le distributeur ?"

Ses orteils laqués de rouge se comprimaient dans ses escarpins à bout découpé.

Il aurait dû filer directement. Quel idiot de ne pas s'être isolé pour compter l'argent à distance respectable du distributeur !

Sa façon de secouer la tête, en démenti, manquait juste un peu de conviction.

La femme n'a pas bougé : "J'ai retiré une grosse somme d'argent il n'y a pas cinq minutes – le ton de sa voix était maintenant plus ferme – et apparemment, cette foutue machine crache les billets en deux fois, sans prévenir. Comme j'étais distraite, j'ai oublié de prendre la deuxième moitié. Cinq mille francs partis comme ça, hop !"

Elle regardait attentivement bouger la main de Jimmy, qu'il ressortait de sa poche, sans l'argent.

"Qu'est-ce que tu viens de fourrer dans ta poche ?

— Oh, rien du tout", a répondu Jimmy avec autant de sang-froid que possible.

Dans son ventre, on battait mille triangles à la fois. Il cherchait des moyens de fuir. Tout était possible en théorie.

Elle a désigné sa main vide : “Retourne ta poche et montre-moi.”

Il a dégagé son tee-shirt, qui était un peu trop grand et lui recouvrait les hanches.

“C’est mon argent, a dit la femme. Si tu ne me crois pas, on peut toujours demander à voir les images de télésurveillance.”

Le doigt pointé vers le distributeur automatique, elle a salué de la main, comme si une caméra les filmait eux aussi.

Jimmy était un Honorable Collectionneur expérimenté. Si seulement il avait mis sa cravate et ses gants blancs, il aurait osé répéter le dicton que sa mère serinait à l’infini ces derniers temps, chaque fois qu’elle revenait de balancer les affaires de papa à la recyclerie ou dans le conteneur à ordures : “Qui va à la chasse perd sa place.”

“Mais, euh, a-t-il bredouillé, je sais exactement combien ça fait, au total. Comment est-ce que ça pourrait être à vous ?”

La femme a tendu la main, paume tournée vers le haut.

“Je viens de te dire combien ça faisait, petit malin ! Rends-moi mon argent ou j’appelle la police.”

Alors qu’à l’instant on le célébrait encore sur la place principale, où les applaudissements n’avaient pas eu le temps de s’éteindre, il lui fallait maintenant tout rembobiner. Tristan devait refermer sa bouche béante et restituer à Jimmy les albums tout juste reçus en cadeau, le bourgmestre ravalait son discours, les ouvriers communaux repliaient les tables et reformaient le rouleau des nappes en papier, la cérémonie dans son ensemble avait été une erreur, les flippos retournaient, bien obligés, au fond des paquets de chips, qui eux-mêmes repartaient dans la remorque, à nouveau couverte d'une bâche, avec lui par-dessus, les chansons résonnaient à l'envers, direction Metro, les sachets de Smith's étaient reconditionnés en cartons et les cartons replacés en rayon. Tonton Kurt voudrait quand même être payé, donc en fait, Jimmy perdrait de l'argent.

"Ce n'est pas pour moi, c'est pour Tristan, avait-il protesté. Vous savez qui c'est ? Tristan Ibrahimi ? Je vais dormir chez lui ce soir. Il est sourd d'une oreille. Et il n'a pas un seul flippo parce que ses parents n'achètent que des chips premier prix."

La femme semblait tout sauf impressionnée, elle n'était sans doute pas du coin. Peut-être y avait-il déjà une autre famille de Kosovars dans son village.

"Ils ont fait tout le voyage à pied. Et en route, les soldats leur ont fait manger un fœtus grillé, et puis Tristan a entendu un obus tomber tellement près de lui que son tympan a éclaté."

L'inconnue a fait non de la tête et avancé sa main ouverte tout près du visage de Jimmy.

Aussitôt, il a rapproché de lui sa bicyclette, placée entre eux.

“On ne pourra pas réparer son tympan sans cet argent !”

La femme a ébauché un geste d’impatience.

Jimmy s’est décidé à sortir le rouleau de billets de sa poche et le lui a déposé dans la main. En relâchant l’argent, il sentait ses yeux se remplir de larmes.

“Merci bien. Normalement, je devrais te donner une récompense, mais tu m’as menti.”

Si seulement Tristan s’était trouvé là, lui qui avait survécu à la guerre, qui tuait les poulets de ses propres mains, il aurait su comment s’y prendre face à cette femme.

Elle est remontée dans sa voiture. Jimmy n’a recommencé à bouger qu’après avoir vu le véhicule disparaître au loin. S’il voulait encore pratiquer son rituel avant d’aller chez Tristan, il lui fallait partir maintenant. Si bizarrement que se soit déroulée cette matinée, un collectionneur comme lui ne devait pas se dégonfler.

Le vélo à la main, il a marché jusqu’à ce que ses jambes aient fini de flageoler. Puis il s’est remis en selle et a démarré sur le plus grand braquet.

Tristan avait débarqué dans la vie de Jimmy plus d’un an auparavant, un mois après le départ de son père. C'était un mercredi, au retour de la natation. La veille au soir, Jimmy avait failli appeler le Flippophone pour leur parler du divorce de ses parents, dans l'idée que les organisateurs envoyaient peut-être des exemplaires rares aux enfants malheureux, mais s'était ravisé à la dernière minute et avait raccroché avant qu'on lui réponde – et s'ils disposaient d'une base de données inventoriant tous les méfaits que son père avait sur la conscience ?

Les cheveux encore mouillés, Jimmy était descendu de l'autocar qui, comme chaque semaine, ramenait les élèves des grandes classes de la piscine de Pulderbos. Devançant ses camarades, il avait traîné des pieds vers la salle où, après un quart d'heure de pause casse-croûte, commencerait le cours de compréhension écrite. Jimmy détestait cette matière, car la maîtresse pouvait à tout instant lui demander de lire le texte à voix haute et il avait du mal à se concentrer lorsque ses cheveux lui collaient à la nuque.

En entrant dans la salle de classe, il avait découvert un étrange garçon à côté de la directrice, qui attendait sur le devant de l'estrade que tous les élèves de la troisième année de primaire aient regagné leur place. Jimmy s'était efforcé de capter le regard du nouveau venu, en vain. À son air un peu perdu, on voyait bien qu'il ne comprenait pas le néerlandais. Son jean trop court, de couleur sombre, luisait comme s'il l'avait passé à quatre pattes dans une couche de cire fondue. Il avait de longs cheveux bouclés, retenus en petite queue de cheval. Son corps maigrelet dominait Jimmy d'une bonne tête, mais ça, ce n'était pas compliqué.

"Je vous présente Tristan, avait annoncé la directrice après leur avoir à tous ordonné de se taire. Tristan Abrahama."

Voilà ce qu'elle avait dit, sans ciller – Tristan n'oserait la corriger que bien plus tard : "Ibrahimi, avec un *i* comme dans midi !"

Il avait onze ans, venait du Kosovo et sortait d'une période difficile. Avec ses frères, ses sœurs et ses parents, ils étaient arrivés en Belgique après avoir fait tout le chemin à pied, ils avaient vu des choses terribles et c'est pourquoi la troisième année de primaire était chargée de s'occuper de lui. La sœur de Tristan, Jetmira, douze ans, avait elle aussi atterri dans cet établissement, où elle allait commencer en quatrième année.

La directrice était descendue de l'estrade et escortait Tristan vers le fond de la classe. Chaque pas qui les rapprochait de Jimmy le comblait d'un frisson de joie. Finalement, ils s'étaient arrêtés devant la chaise vide à côté de lui.

"Dis-moi, Sas, toi qui es notre génie à tous, pourrais-tu veiller à ce que Tristan se sente ici chez lui ?"

Enfin ! avait pensé Jimmy, pour une fois que le fait de ne pas appartenir à une clique lui rapportait quelque chose !

"Pareil pour toi, Tristan : si tu veux bien prendre soin de ton nouveau camarade, car lui aussi vient de traverser des moments difficiles", avait-elle ajouté tout en continuant de fixer Jimmy dans les yeux.

Tristan l'avait alors gratifié d'une poignée de main si molle qu'un insecte aurait pu passer d'une paume à l'autre sans risquer la moindre blessure.

L'école employait un assistant pédagogique à temps partiel, qui donnait à Tristan, ainsi qu'à sa sœur, des leçons de soutien en néerlandais, une heure par jour. En dehors de ce créneau, c'était à Jimmy de le prendre sous son aile. Jimmy, qui généralement s'ennuyait en cours et dont les notes dépassaient de beaucoup la moyenne, jouait les messagers, transmettant avec la plus grande clarté possible ce que le professeur expliquait aux élèves, afin que l'ignorance du nouveau venu ne freine pas la classe tout entière. Cette mission comportait certains avantages : Tristan et lui étaient les seuls autorisés à dessiner, à chuchoter et à échanger des petits mots pendant les heures de cours.

Au début, ils communiquaient principalement par gestes et échangeaient des informations en jouant au Pictionary. Tristan avait soif d'apprendre, il désignait parfois deux objets en même temps pour que son camarade lui donne leur nom en néerlandais. Le bloc-notes de Jimmy était noirci de lettres, de flèches et de schémas.

À part la langue, il y avait tout un tas de choses que Tristan devrait connaître s'il voulait rester en Belgique aux côtés de Jimmy. Par exemple : poser un trèfle à quatre feuilles dans le coin en haut à droite du pupitre avant toute interrogation écrite – Jimmy lui en avait trouvé un, séché entre les pages de l'annuaire téléphonique, puis plastifié avec le plus grand soin. Ou bien : interdiction d'utiliser l'encre rouge du stylo-bille quatre couleurs que Jimmy lui avait donné – c'était réservé à la maîtresse, contrairement au noir, au bleu et au vert. Ou encore la bonne méthode pour manger des Dinosaurus : sortir les biscuits de leur emballage individuel, zigouiller les trois monstres en leur coupant la tête et grignoter le reste. À part ça, Dieu n'existait pas, mais il était toujours possible de faire appel à saint Antoine quand on avait perdu quelque chose, pas trop souvent tout de même parce que le pauvre travaillait seul et qu'il avait sûrement d'autres demandes à traiter. Pendant la pause de midi, on pouvait acheter auprès de la maîtresse des jetons pour le thé, puis demander du sucre à chacun des deux surveillants du réfectoire, comme ça on avait une chance de récupérer en tout quatre morceaux à faire fondre un par un sous la langue.

Ce que Jimmy avait craint durant ces premières semaines – qu'on les sépare en classe ou que Tristan veuille se lier avec un autre élève – n'était finalement pas fondé : la maîtresse lui avait garanti qu'ils resteraient côte à côte jusqu'au terme de l'année scolaire. On leur avait juste demandé de permuter, car Tristan se révélait sourd de l'oreille droite.

S'il n'avait pas fait attention, Jimmy aurait passé son temps à sourire d'un air satisfait, sourire qu'il essayait pourtant de réprimer, sans quoi les méchants des années au-dessus s'apercevraient que lui, Sas la Limace, le petit Sas Boit-la-Tasse, était enfin servi par la chance. Ils lui tomberaient dessus illico, tout comme ils avaient masqué par une punaise son portrait souriant sur la grande photo de classe affichée dans le couloir.

Au bout d'un mois ou deux, alors que Tristan arrivait à se débrouiller grâce à quelques mots-clés, la maîtresse lui avait demandé, pendant un cours de géographie spécialement programmé pour l'occasion, de montrer sur la carte, à l'aide d'une règle en bois, l'endroit d'où il venait et quel chemin il avait parcouru, depuis le Nord-Ouest du Kosovo, à travers le parc national, en passant par le Monténégro et l'Albanie, puis en franchissant l'Adriatique pour atteindre le talon de la botte italienne. Lui et sa famille avaient erré pendant des jours dans la montagne, sans presque rien à manger, les plus jeunes des enfants portés par les plus grands. Il y avait environ deux mille kilomètres à vol d'oiseau entre le Kosovo et la Belgique, mais eux n'étaient pas des oiseaux, il leur avait fallu passer des postes-frontières, retourner deux fois en Albanie par la route, comme le montrait la règle de bois glissant sur la carte, deux fois où ils s'étaient retrouvés dans un bus après avoir survécu à leur terrible traversée en mer. La troisième tentative avait été la bonne, même si on les avait jetés à l'eau cinq cents mètres avant la côte. Ils n'étaient pas non plus des poissons – un enfant de la famille avec laquelle ils partageaient l'embarcation n'avait jamais atteint la terre ferme.

À partir de cette carte au 1/6 000 000, Jimmy avait calculé le nombre de mètres parcourus par Tristan pour arriver au village. C'était un miracle que le garçon ait encore ses deux pieds, qu'ils ne se soient pas usés jusqu'à la cheville.

La maîtresse avait matérialisé le périple à l'aide de bandelettes adhésives qui resteraient collées à la carte jusqu'aux grandes vacances. En regardant cet itinéraire tronçonné, tortueux, et la quantité d'autres destinations possibles, Jimmy était chaque fois envahi d'une sensation de soulagement. Tristan aurait pu échouer n'importe où sur la planète, dans n'importe quel pays, n'importe quelle localité, n'importe quel groupe scolaire, n'importe quelle classe, mais il s'était justement retrouvé ici, en Belgique, à l'école communale de Bovenmeer, en troisième année de primaire, pile à côté de lui. Jimmy avait échappé de peu à une vie sans Tristan. La probabilité de devenir son ami était encore plus faible que d'avoir dans la famille un ouvrier de chez Smith's qui aurait reçu pour Noël l'une des rares séries limitées de dix exemplaires et qui la lui aurait offerte ensuite. Alors, avec le même soin qu'il prendrait d'une telle série, Jimmy s'occuperait de Tristan. Il entendait bien n'échanger son tout nouveau copain contre rien au monde.

À présent, le trajet des réfugiés était visible pour toute la classe, ce qui ennuyait Jimmy, de même qu'il n'aimait pas voir le prof de soutien venir chaque matin accaparer Tristan pour une heure. Le prêter à d'autres lui posait autant de difficultés que de les laisser goûter à sa crème glacée.

Heureusement, Jimmy avait encore ses économies. La cagnotte augmentait tous les dimanches de soixante-quinze francs belges, dont il gardait toujours un cinquième sur lui pendant ses tournées, au cas où le butin serait nul – de quoi s'acheter un paquet de Smith's. Sans chips, pas de rituel.

Il est entré chez Le Petit Marchand, l'unique supérette de Bovenmeer. La gérante avait depuis le temps fini par comprendre de quoi il retournait, elle savait que l'achat de chips était désormais une affaire aussi sérieuse qu'un jeu de hasard et donc que Jimmy, comme tous les enfants du village, tenait à choisir lui-même son paquet. Face au tourbillon de la flippomanie, elle n'avait pas pu faire autrement que de réorganiser sa boutique, agrandissant le rayon chips et le déplaçant à l'endroit occupé jusqu'alors par les confitures et les céréales. Ces dernières s'étaient retrouvées derrière le comptoir, avec les cigarettes. Sur la porte du magasin, elle avait scotché une page de directives : PAQUET DE CHIPS OUVERT = PAQUET DE CHIPS DÛ ET LES PAQUETS DE CHIPS REFERMÉS PAR DES AGRAFES NE SERONT NI REPRIS NI ÉCHANGÉS. Depuis le début des grandes vacances, pour couper court aux discussions, elle avait posé sur le comptoir une corbeille de flippos afin que les clients déçus puissent échanger leurs doubles. Jimmy lui-même ne s'en était jamais servi, pour la même raison qu'il ne fréquentait pas les bourses d'échange, organisées pour des gens sans honneur, pour des tricheurs qui prenaient un raccourci tout en prétendant finir la course avec les autres. D'ailleurs, ces manifestations se tenaient toujours dans des lieux où tu ne pouvais aller que si tes parents voulaient bien t'y conduire.

Jimmy tendait la main vers le paquet de chips recommandé par son instinct, ce paquet qui lui donnait l'impression qu'il le choisissait, lui, plutôt que l'inverse, ce paquet dont il pouvait jurer qu'il lui chuchotait à l'oreille, et même qu'il se penchait un peu vers lui, sauf qu'au tout dernier moment, juste avant de l'attraper, il changeait d'avis et saisissait au hasard un paquet voisin, silencieux et vide de promesses. De cette façon, Jimmy esquivait le sort, obtenant quelque chose qui en fait ne lui était pas destiné. Il avait la certitude qu'il aurait plus de chance avec ce qui ne lui était pas dévolu au départ.

La maison des parents de Jimmy était la seule construction moderne dans tout le village. Avec sa façade en étrave et ses petites fenêtres rondes, le bâtiment avait des airs de navire, comme si, arrivé autrefois par l'écluse d'un chenal secondaire, il s'était pétrifié sur place en même temps que le bras d'eau.

Jimmy, embarrassé par la forme de cette maison en rapport avec son nom de famille, Sas, a comme d'habitude remonté l'allée au pas de course.

Tous les espaces de vie se situaient au rez-de-chaussée. Non seulement les pièces communes, mais aussi l'ancien cabinet d'assurances du père de Jimmy, une grande annexe dont le mobilier avait été vendu dans son intégralité après le divorce. On n'y trouvait plus que les gamelles et les paniers de Quick et Flupke, deux teckels que sa mère avait récemment adoptés.

Pour l'heure, pas d'aboiements dans la maison, pas de griffes crissant sur le carrelage. Sa mère était sortie promener les chiens.

Ce matin au téléphone, Jimmy s'est senti tellement déboussolé par la proposition de Tristan qu'il ne lui a pas demandé s'il devait venir avec ses draps ou apporter quelque chose pour les besoins du projet.

Il connaissait par cœur le numéro des Ibrahimi, savait précisément aussi quel bruit faisaient les chiffres composés sur le cadran. Bref, bref, bref, long, bref, bref, long, long, long – ça finissait par un triple neuf.

C'est Tristan lui-même qui a décroché. Jimmy n'avait pas besoin d'apporter quoi que ce soit : "Il y a tout à la maison."

Puis, après une pause :

"On n'a pas le droit de rester ici, Jimmy.

— Comment ça, pas le droit ?"

Jimmy avait enroulé le fil du téléphone autour de son index, un gros pansement de caoutchouc qu'il a aussitôt arraché.

"On a reçu la lettre d'expulsion cet avant-midi.

— Ce matin."

Voilà qui expliquait pourquoi Tristan était chez lui à cette heure-là, un mercredi, en plein été. Normalement, il devait suivre sa leçon de natation comme aussi tous les lundis et samedis matin des vacances scolaires. En effet, après avoir appris ce qui lui était arrivé pendant la classe de mer, M. Pieters le conduisait trois fois par semaine, de sa propre initiative, à la piscine de Pulderbos.

"Oui, ce matin. Paola est la seule qui peut rester."

Tristan refusait d'en dire plus au téléphone.

"Mais on a un plan. Tu es toujours d'accord pour dormir ici ?

— Bien sûr", a répondu Jimmy.

Cette nouvelle le bouleversait tant qu'il en aurait pleuré, mais le ton calme et sûr de Tristan l'en empêchait.

"Mets des chaussures pas trop lourdes. À plus tard, quatorze heures."

Jimmy a opiné de la tête. Son bulletin scolaire attendait déjà depuis deux semaines, près du téléphone, que son père appelle. C'étaient les meilleures notes qu'il avait jamais eues : 19,4 de moyenne. Grâce à Tristan.

En voyant sa mère s'engager dans l'allée avec les deux roquets, Jimmy a rejoint sa chambre à la hâte. Il a coincé un balai contre la poignée de porte pour la bloquer. Puis, après avoir posé ses chaussures côte à côte sous le lit, il s'est assis à son bureau. C'était somme toute l'aspect le plus sympa de cette profession. Personne ne savait ce qu'il faisait ici, seul, donc personne ne pouvait contrecarrer ses plans.

Habituellement, il ne bougeait pas de sa chambre durant les heures que Tristan passait à la piscine, un moment pendant lequel il n'avait de toute façon rien de mieux à faire, mais puisque son copain était aujourd'hui chez lui, choqué par la mauvaise nouvelle, Jimmy éprouvait un sentiment d'urgence. Il voulait se porter au secours de Tristan, à vrai dire il voulait passer avec lui tout le temps qui leur restait ensemble. La dernière chose dont il avait envie aujourd'hui, c'était de faire un truc sans que Tristan le sache.

Il a pris plusieurs grandes bouffées d'air. La précipitation ne menait jamais à rien, c'était le plus dangereux des pièges pour un collectionneur, après la malhonnêteté.

Une fois ouvert le tiroir protégé par un verrou à code, Jimmy en a sorti une cravate en satin jaune qu'il avait repêchée un an plus tôt dans le carton d'affaires paternelles à donner. La réalisation du nœud lui posait encore des difficultés, mais il réussissait à faire quelque chose de passable. Sur le bord de l'étoffe, il a coincé la pince à cravate confectionnée à partir d'une languette de Tetra Pak fixée par de la superglu à l'agrafe métallique d'un stylo Parker et portant l'inscription "J. S. – COLLECTIONNEUR DE FLIPPOS". C'est ainsi que la chambre décorée de papier peint Tortues Ninja était devenue un bureau, un espace pour les affaires sérieuses, tout comme la pièce vide en dessous s'était transformée en cabinet d'assurances le jour où on y avait installé un tableau blanc.

Tristan ignorait toujours l'existence de J. S. Jimmy ne lui en avait pas encore parlé, il doutait qu'une personne ayant dû récemment abandonner l'ensemble de ses possessions soit tout de suite tentée d'acquérir le plus grand nombre possible de rondelles en plastique de quelques centimètres de diamètre. Il préférait attendre patiemment le signe que Tristan commençait à s'intéresser à l'activité de collectionneur. Pendant ce temps, il avait préparé des classeurs supplémentaires. Ainsi, dès que son ami serait prêt, il pourrait débuter sans problème.

Jimmy a inspiré, expiré, inspiré, expiré profondément, jusqu'à ce que ses mains aient cessé de trembler.

Il lui fallait d'abord formuler par trois fois, à haute voix et sans varier d'une syllabe, sa prière à saint Antoine. En principe, on ne pouvait faire appel à lui qu'au sujet de choses qu'on avait égarées, mais Jimmy s'était aperçu qu'Antoine, à ses heures perdues, acceptait de coopérer pour l'obtention de biens non encore acquis.

Gentil saint Antoine, je n'ai pas de frère ni de sœur, mais si tu complètes ma collection, tu feras mon bonheur.

Il s'était naturellement demandé si tout ça était bien honnête, si le chantage ne se voyait pas trop, ou encore si ça n'allait pas produire le résultat inverse, mais il était probable que les saints oublient ce qu'ils avaient accordé à quels enfants, donc ça ne mangeait pas de pain d'insister sur l'existence possible d'une injustice à réparer.

Sa prière terminée, Jimmy a sorti du tiroir à verrou ses quatre classeurs Flippo, deux pour lui-même et deux pour l'album de Tristan, puis les a soigneusement disposés en carré sur le bureau, pile entre les seize petites croix qu'il avait tracées au crayon. Dans l'espace resté libre au milieu, il a étalé son matériel : un rouleau d'essuie-tout, une feuille de papier blanc pliée en deux, un spray nettoyant pour lunettes, un gant en latex, des ciseaux et une pince à épiler. Il a enfilé le gant, qui luisait de graisse orange, et a ouvert le paquet de chips sans le déchirer.

La tension est montée au maximum lorsque Jimmy a déversé par à-coups le contenu du sachet sur la feuille dépliée, un moment où tout était encore possible.

Il en avait déjà beaucoup, des flippos. Ses flippos classiques et Méga étaient quasiment au complet, il lui manquait juste quatre exemplaires de la série Flying, sept pour la série Techno, quatre aussi pour la World, et pour les séries à jouer Olympic et Cheetos 24, il lui en restait respectivement six et sept à trouver. Quant à la série Time et aux rondelles pop-up Frayeur, c'est là qu'il en avait le moins. Ces deux éditions, limitées à quarante exemplaires, restaient les plus difficiles à dénicher. Sur les 295 flippos existants, Jimmy en avait réuni 253 pour son propre album et 195 pour celui de Tristan. Le total s'élevait à près de cinq cents, car il possédait certains modèles en triple. Sa collection, il la connaissait mieux que n'importe quoi, se la remémorait aussi sûrement que les tables de multiplication, était capable d'énumérer les flippos par ordre croissant ou décroissant et le nombre d'exemplaires pour chacun, de réciter par cœur les anecdotes figurant sur les intercalaires du classeur n° 2 et, à force d'entraînement, pouvait décrire les yeux fermés toutes les illustrations du numéro 1 au numéro 295. La série la plus sympa à apprendre avait été la World, avec ses personnages historiques. Quand il avait du mal à s'endormir, il feuilletait ses albums et les examinait.

Cette fois, Jimmy espérait tomber sur un World et tout particulièrement sur le flippo n° 233 : Elmer Fudd en Vincent van Gogh. Il n'avait encore jamais vu ce modèle en vrai, mais l'illustration pré-imprimée sur la page de l'album était prometteuse. Ça rattraperait un peu les cinq mille francs que cette femme lui avait confisqués. Il s'est mis à secouer tout doucement le paquet de chips. Ça lui faisait une drôle de sensation dans le ventre, comme si toutes les possibilités y étaient compressées pour déboucher, par un petit trou, sur un seul résultat effectif.

Jimmy l'a reconnu tout de suite à son verso quadricolore : le numéro 244 de la série

Olympic. Titi champion, d'une valeur de six points. Pas mal, mais il l'avait déjà dans sa collection personnelle. Pour Tristan, par contre, c'était fantastique, car cet exemplaire manquait encore à son album.

Avant de retirer le flippo de son enveloppe de cellophane, Jimmy a fait glisser les chips, le long de la pliure du papier, dans le bon sachet de conservation. Il en utilisait un par arôme : un pour les Smith's goût fumé, un pour les Crispy nature, un pour les Crispy paprika, un pour les Cheetos, un pour les Drakis, un pour les Ringlings, un pour les Mama Mia's et ainsi de suite. Quant au contenu du paquet, il le gardait pour plus tard, dans le but d'en faire de la bouillie, avec Tristan.

Jimmy a aplati l'emballage, qui indiquait clairement la présence de flippos à l'intérieur. Puis il l'a collé dans son carnet de croquis n° 10 à l'aide de scotch repositionnable. En bas de page, il a noté quels exemplaires le paquet avait renfermés, la date, l'heure et le lieu de l'achat. Ce carnet était un journal de bord – si par malheur Jimmy n'arrivait pas à former la plus grosse collection possible de flippos, qu'elle soit au moins la plus minutieusement documentée ! Il avait la certitude que personne d'autre que lui ne pensait à opérer de manière aussi précise, si bien qu'à l'avenir, lorsque des scientifiques se pencheraient sur cette flippomanie, lui-même apparaîtrait comme la plus précieuse des sources d'information.

Jimmy a sorti le flippo de son plastique. Au moyen d'une feuille d'essuie-tout, il a dégraissé le jeton, puis s'est défait de son gant pour le mettre de côté avec le papier absorbant. Avant d'ajouter la pièce à l'album de Tristan, il a nettoyé minutieusement le classeur. Toutes les empreintes digitales et les amas de poussière devaient disparaître, c'est pour ça qu'il avait un spray de nettoyant pour lunettes, ainsi qu'un petit accessoire bricolé par ses soins sur le modèle de la raclette à vitres que la femme de ménage utilisait chaque mois quand elle faisait les carreaux.

Tristan serait ravi de cet exemplaire. Avec précaution, Jimmy a inséré le flippo dans sa pochette transparente jusqu'à ce que la rondelle recouvre parfaitement le modèle imprimé. Ensuite, satisfait, il a feuilleté l'album de Tristan. Celui-ci rattrapait son retard et c'était bien, il ne fallait pas qu'il y ait trop d'écart entre eux.

Coup d'œil à la pendule. Il était vraiment l'heure d'y aller.

Après s'être muni de son sac à dos, Jimmy a tout de même pris la collection de Tristan. On ne savait jamais combien de temps duraient les procédures d'expulsion de ce type, la police pouvait parfaitement se présenter chez eux le soir même. Mieux valait partager ces classeurs trop tôt que trop tard. De plus, les emporter ne l'engageait à rien.

Sur bien des plans, Jimmy s'était accoutumé à l'absence de son père, mais avant de quitter la maison, il obéissait chaque fois au réflexe de passer lui dire au revoir dans son bureau, où il l'avait toujours trouvé au téléphone. La pièce étant désormais fermée à clé, il a dû sortir par la porte de derrière et traverser l'herbe haute envahie par les orties. Il voulait câliner les deux petits chiens, mais ceux-ci étaient sur les genoux de sa mère, qui, dans son fauteuil de jardin, lisait un magazine. Du ton le plus léger possible, Jimmy lui a parlé de l'invitation des Ibrahimi.

"Ils ne sont pas encore assez nombreux dans cette maison ?" a-t-elle demandé.

Il n'avait jamais entendu sa mère dire non, mais elle ne disait jamais vraiment oui non plus, chaque autorisation prenait la forme d'un reproche, avec pour conséquence que soit on renonçait à la requête, soit on ne tenait pas compte de la réponse.

Reprenant son vélo, Jimmy a descendu l'allée en vitesse, devant le panneau vert bouteille fiché dans le gazon. Pendant longtemps, on avait pu y lire en lettres blanches "SAS ASSURANCES : L'ESPRIT TRANQUILLE", slogan éclairé par un spot devenu depuis hors d'usage et que quelqu'un, une semaine après le départ de son père, avait modifié d'un coup de bombe en "L'ESCROC TRANQUILLE". Jimmy avait bien tenté d'effacer le graffiti, mais n'y était pas arrivé car la peinture noire s'avérait indélébile. Par la suite, lorsque d'autres termes – "Crapule", "Rends l'argent !" – étaient apparus, il n'avait même pas réessayé. Sa mère, à qui il demandait régulièrement s'ils pouvaient enlever le panneau, jugeait que c'était à son ex-mari de venir s'en occuper. Plus ce dernier attendrait, plus la vérité se répandrait à son sujet.

Jimmy s'était vite habitué à raccompagner Tristan après l'école, histoire de rattraper le retard qu'ils avaient accumulé en classe. Car lorsque son copain ne comprenait pas tout de suite un point traité par la maîtresse, il dessinait une petite croix dans la marge du cahier de cours ou d'exercices. Au moins cinq par jour : ça lui donnait autant de raisons d'aller chez les Ibrahimi.

L'accueil avait été chaleureux dès sa première visite. Lavdi lui offrait toujours du soda, qu'elle stockait en bouteilles de deux litres, et des tranches de quatre-quarts posées sur une petite assiette. Quand les parents de Tristan saluaient Jimmy, c'était la main sur le cœur.

Il lui avait fallu un certain temps pour rencontrer les dix membres de la famille et encore davantage pour mémoriser leurs prénoms. Au bout de quelques semaines, les enfants lui avaient facilité la tâche en formant, dans le living, une rangée de gauche à droite, de l'aînée au cadet. Tristan se tenait au milieu de cette fratrie dont Jimmy pouvait à tout instant reconstituer l'ordre, et s'il voulait savoir l'âge de tel ou telle, il n'avait qu'à ajouter ou à soustraire une année. À gauche de Tristan se trouvaient ses trois grandes sœurs, Lavdi, Svetlana et Jetmira. À droite, ses trois petits frères, Naïm et les jumeaux Riad et Defrim. Tristan lui-même portait dans ses bras la benjamine : Paola. Les enfants Ibrahimi avaient été répartis entre les écoles des communes environnantes. Seuls Tristan et Jetmira avaient atterri à celle de Bovenmeer.

Quand Jimmy dispensait des leçons de rattrapage à Tristan, les frères et sœurs présents à la maison venaient s'installer près d'eux autour de la grande table du séjour. Jamais ils ne les interrompaient et Jimmy se régalait de présider la séance, d'être l'objet de tous ces regards attentifs, témoins de l'amitié qui se renforçait entre lui et son camarade.

Le soir, après avoir mangé avec sa mère, il se remettait à l'ouvrage, composant des listes de mots dont la famille kosovare avait besoin dans la vie quotidienne, ajoutant parfois des vocables qui leur permettraient de le comprendre, lui, et introduisant subrepticement dans le glossaire de Tristan des termes indispensables à tout Honorable Collectionneur, tels que le nom des personnages Looney Tunes dotés d'un flippo à leur effigie. Il inventait des devinettes, imaginait des rébus et des mots croisés, préparait des pages d'exercices personnalisées pour chaque enfant, avec illustrations découpées dans des magazines ou des catalogues de vente par correspondance et, en dessous, des pointillés suivant lesquels on pouvait noter les nouveaux mots. Il enregistrait des phrases sur son baladeur, en articulant bien, et le prêtait aux Ibrahimi, de sorte qu'ils puissent écouter les cassettes en son absence. Pour corriger leurs copies, il utilisait par exception la pointe à encre rouge de son stylo quatre couleurs. Et il leur apprenait les nombres avec des flippos de la série Cheetos 24 Game. Tristan excellait en mathématiques – au Kosovo, il avait été le premier de sa classe dans cette matière. Plus tard il serait juge, affirmait-il, ou astronaute.

Vu que la famille était arrivée au village en milieu d'année scolaire, Tristan avait eu le droit d'attendre la rentrée pour passer les tests imposés aux autres élèves avant les grandes vacances. Cet été-là, Jimmy avait travaillé avec lui cinquante mots nouveaux par jour. Ils faisaient de longues promenades à vélo sur les routes de campagne, tout en révisant le vocabulaire traité dans le courant de la semaine. Ils jouaient aux devinettes ou à la chenille. Jimmy avait préparé toute une série de questionnaires, auxquels Tristan répondait avec de moins en moins de fautes. Il avait aussi écrit une lettre à la maîtresse pour dire que si Tristan devait redoubler, lui-même refuserait de passer en quatrième année de primaire – on ne pouvait pas l'y forcer. Tristan était finalement passé sans problème.

Les horribles détails de la guerre et les coups durs que Tristan avait connus avant son arrivée en Belgique n'étaient apparus à la surface que tardivement et par petits bouts. Jimmy avait commencé un carnet, intitulé *La Guerre de Tristan*, dans lequel il consignait les informations recueillies, autant que possible par ordre chronologique. Il tâchait de ne pas aller à la pêche au sensationnel, c'était en porte-à-faux avec son métier d'Honorable Collectionneur.

Au village couraient des bruits effrayants sur ce que la famille kosovare avait vécu, mais personne ne savait précisément d'où sortaient ces rumeurs, ni si elles étaient vraies.

Dans ses notes, Jimmy s'en tenait aux faits rapportés par Tristan lui-même ou constatés de ses propres yeux : la guerre avait débuté dix ans plus tôt, quand les Serbes s'étaient emparés de l'usine où le père de Tristan travaillait depuis toujours et qu'ils avaient renvoyé l'ensemble du personnel albanais. On ne pouvait pas non plus enseigner en albanais, chanter l'hymne albanais, arborer le drapeau albanais. Mme Ibrahimi, victime d'une hémorragie alors qu'elle était enceinte de Tristan, s'était vu refuser tout soin à l'hôpital public et on l'avait même poussée à avorter parce qu'il ne fallait pas que des soldats albanais viennent au monde.

Tristan n'en parlait qu'avec indignation, comme s'il se demandait encore où étaient passés les secours.

Le nom de Milošević revenait presque quotidiennement et concentrait sur lui l'essentiel de sa colère – cet homme en voulait toujours plus et plus et encore plus…

Les Ibrahimi avaient d'abord trouvé refuge pendant deux mois au monastère de Zandhoven. Là, ils avaient tous dormi dans la même pièce alors que l'édifice comptait suffisamment de chambres disponibles. Le temps qu'ils récupèrent de leur long périple, l'Office des Étrangers leur avait trouvé un logement assez grand pour dix personnes. La maison de Tonton Kurt était inoccupée depuis des années, on pouvait la louer à un prix raisonnable.

Les enfants devaient être rentrés avant le coucher du soleil et, au milieu de l'hiver, il leur arrivait de se présenter en retard à l'école parce qu'on ne leur permettait de partir que lorsqu'il faisait jour. La vue d'un uniforme les terrifiait ; à plusieurs reprises, ils s'étaient même enfuis lorsque le facteur avait sonné à la porte.

Le visage et les mains du père de Tristan étaient lacérés de cicatrices datant de la fois où il avait dû défendre ses filles contre des trafiquants d'êtres humains. La mère de Tristan, enceinte de sept mois au moment de quitter son pays, avait accouché au centre d'accueil et prénommé sa fille Paola, par gratitude pour les bons soins reçus en Belgique. La reine en avait été informée et son petit mot de remerciement trônait dorénavant, dans un cadre, sur le manteau de la cheminée.

Plutôt que de parler de leur propre exode, Tristan préférait rapporter des histoires entendues au centre d'accueil pour demandeurs d'asile où la famille avait passé quelques semaines. Il les racontait à Jimmy comme une expérience qu'ils auraient pu avoir vécue eux-mêmes, ce qui était peut-être le cas. Quelle différence, après tout, si les Ibrahimi avaient réellement vu des gens jetés par-dessus bord, s'ils s'étaient trouvés sous la menace de trafiquants d'organes, s'ils avaient dormi dans le métro parisien ou été contraints de regarder des soldats serbes ouvrir au couteau le ventre d'une femme presque à terme avant de cuire le fœtus à la poêle et de le faire manger au reste de sa famille ? Même les atrocités auxquelles ils avaient échappé les affectaient encore d'une certaine manière, car leur bonne fortune était advenue au détriment d'autres personnes, moins chanceuses.

Jetmira, qui avait du mal à trouver sa place en quatrième année de primaire, restait souvent attablée sans rien dire, le midi, devant les aliments rassemblés autour de sa boîte à sandwich :

les Babybel, les portions de fromage à tartiner, les biscuits alphabet que les mères de ses camarades avaient confiés à leur progéniture "pour les petits Kosovars". Parfois, elle allait s'enfermer aux toilettes et Tristan la suivait pour la consoler. Jimmy, à son tour, emboîtait le pas à Tristan et les deux garçons attendaient en silence devant les sanitaires que "le tremblement de terre en dedans", comme l'appelait Jetmira, soit terminé. Par la suite, Tristan lui avait dit que les secousses de sa sœur se produisaient aussi à la maison et qu'une voisine, infirmière, venait alors pour en parler avec elle.

Quant aux séismes de Tristan lui-même, Jimmy n'en avait été témoin pour la première fois qu'en classe de mer, juste avant les dernières grandes vacances, lorsque son ami avait eu un choc en voyant les vagues. Il s'était immobilisé sur la plage, à quelques dizaines de mètres du ressac, les jambes et les bras figés en plein mouvement, comme si des escamoteurs lui avaient volé ses articulations. Un instant plus tard, il faisait pipi dans son pantalon.

Après l'avoir raccompagné, avec l'aide d'un moniteur, jusqu'au gîte collectif sur la digue pour lui prêter son slip de rechange, il avait regardé Tristan se rhabiller, ce corps qui lui paraissait beaucoup plus petit qu'avant. La porte entrouverte sur son passé n'était pas gardée, une simple pichenette aurait suffi à y pénétrer et l'explorer tranquillement, mais quelque chose empêchait Jimmy de le faire. Il devait attendre l'invitation de Tristan.

Jimmy avait accepté de rester dans le dortoir avec lui jusqu'à la fin du séjour, en compagnie d'une pile de bouquins et d'un Memory sur le thème de la mer, tandis que leurs camarades sortaient pour un jeu de piste ou une excursion de survie à travers les dunes. Toute cette semaine-là, il était demeuré à distance respectable de Tristan et en même temps à proximité. Il rassurait son ami quand celui-ci se remettait à trembler au moindre cri de mouette ou quand passait l'équipe de ménage en tenue de service, mais il ne cherchait pas à connaître ses mauvais souvenirs. Rien de tout cela ne figurerait dans *La Guerre de Tristan* : il n'avait plus ouvert le cahier depuis.

II

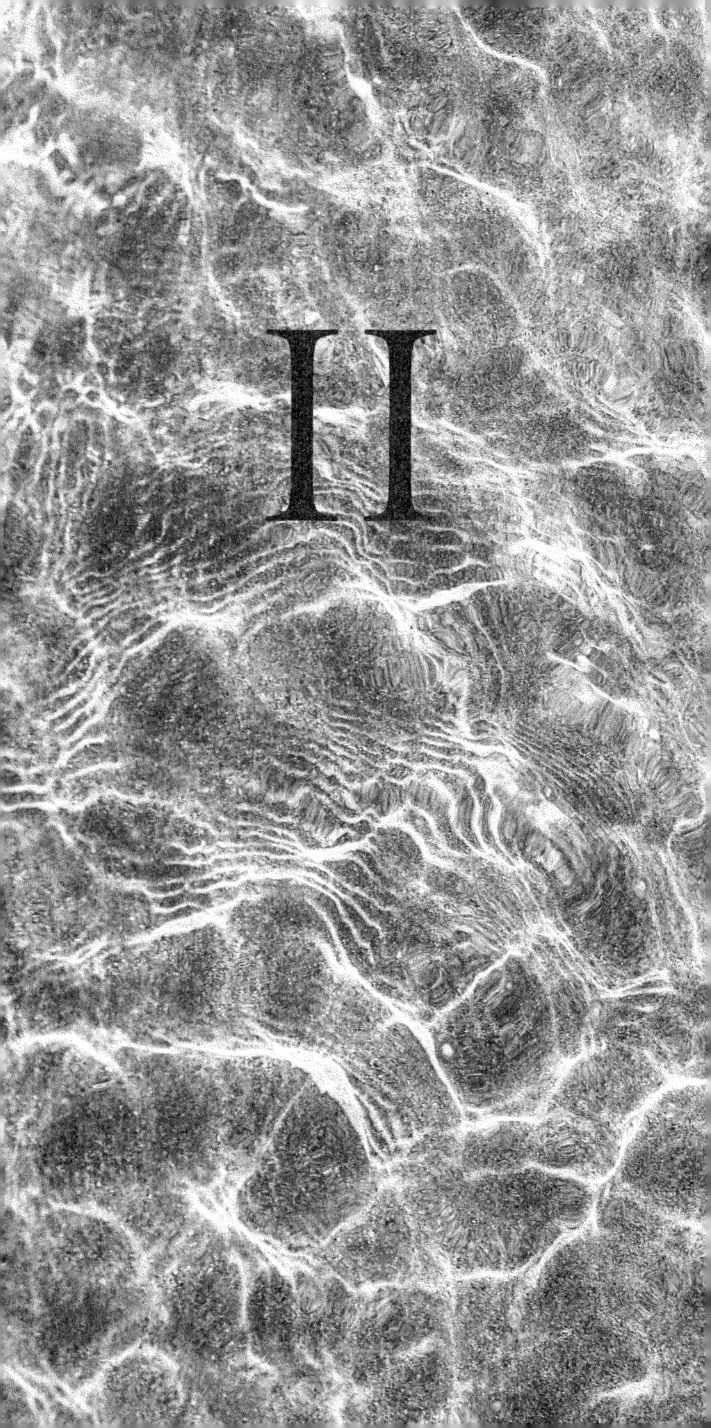

Arrivé chez Tristan, Jimmy a garé son BMX dans l'allée, près du puits, à côté d'un alignement de cycles attaqués par la rouille : des vélos, des poussettes et la voiture à pédales, avec ses pneus dégonflés. Autant d'objets donnés par les voisins dix-huit mois plus tôt, lorsque la nouvelle s'était répandue dans le village que les Ibrahimi avaient dû tout laisser derrière eux en quittant leur pays. À l'époque, devant la raréfaction des objets mis au rebut par les particuliers, la déchetterie communale en avait forcément déduit que leur bric-à-brac – matelas, appareils électroménagers, draps, jouets, livres, instruments de musique, trampolines, matériel de puériculture, outils – allait maintenant de préférence à la famille kosovare. Les voisins directs, voyant les dons s'amonceler dans le jardin de devant, étaient intervenus pour organiser un peu les choses. Ils avaient affiché la liste des besoins effectifs, puis, une fois toutes les lignes raturées, avaient piqué une pancarte dans la pelouse, au nom des Ibrahimi : NOUS AVONS CE QU'IL NOUS FAUT, MAIS MERCI QUAND MÊME ! En dessous figurait le numéro d'un compte bancaire spécialement ouvert pour l'occasion, car avec huit enfants, on ne pouvait jamais avoir trop d'argent. Sur ce panneau, personne n'avait écrit un seul mot désagréable.

Néanmoins, le jardin de devant continuait chaque semaine d'accueillir meubles, sacs remplis de draps et cartons de jouets, déposés par des gens venus de toutes parts et qui, après une si longue route et l'effort déployé pour bien faire, n'étaient pas vraiment prêts à ravaler leur offrande.

Jimmy a directement rejoint l'arrière de la maison, en longeant les annexes. Elles aussi appartenaient à Kurt, qui recevait un loyer du Centre public d'action sociale en échange de la mise à disposition du logement aux Ibrahimi. Quant aux hangars, il continuait de les utiliser comme entrepôts pour ses affaires personnelles et son négoce de voitures d'occasion. Tonton Kurt – Tristan appelait Tonton ou Tatie les villageois qui voulaient bien l'aider – portait des tenues peu soignées et avait des airs de Vil Coyote sur le flippo n° 204 (cinq points). À la manière dont Kurt le traitait, Jimmy était quasiment sûr que son assureur de père devait encore de l'argent au tonton. Parfois, lorsqu'il traversait la cour et que le propriétaire était en train de magouiller à l'écart avec des clients, il passait vite son chemin de peur que Kurt ne le vende lui aussi pour amortir un peu les pertes subies.

Après avoir fait coulisser la porte du hangar, Jimmy est entré dans le Petit Kosovo – c'est ainsi qu'on appelait cet endroit, au village.

"Triiiiistan ?"

En longueur, le Petit Kosovo mesurait un peu plus de cent pas de géant, pour environ trente mètres de largeur. Le bâtiment avait autrefois servi d'étable, ce qui se voyait encore à ses auges maçonnées. À présent, ces quelque trois mille mètres carrés abritaient des tonnes de marchandises dont Kurt faisait aussi commerce : des costumes et des robes de mariée, des didgeridoos, des djembés, des équipements de cuisine pour collectivités, des cuvettes WC de récupération, des lots de matériel bureautique hors d'âge, des tatamis empilés, de vieilles caisses enregistreuses, des boules et quilles de bowling, une table de billard au tapis déchiré, des voitures de manège, des carabines de fête foraine avec boîtes entières de pipes en plâtre neuves, des animaux empaillés, des mobylettes, une bouée-balise, des accessoires de ski, des horloges de gare, une échelle de piscine, des bandits manchots, une pompe à bière, tout l'inventaire d'un bistrot, un cercueil, du matériel chirurgical périmé, des piles vertigineuses de vieux papiers… Quiconque entrait dans ce hangar n'avait plus guère besoin d'imagination pour inventer des jeux. Ici, Tristan et lui s'étaient faits rois, croque-morts, forains, pilotes, tenanciers de bar, journalistes, quintuples champions olympiques, ils avaient joué les cadavres, chevauché des sangliers, chassé les mouches au pistolet à amorces et pratiqué des opérations salvatrices sur des légumes trop mûrs.

"Tristan ?

Jimmy a imité le cri du hibou pour signifier qu'il n'y avait pas de danger. Un jour comme celui-ci, où des plans devaient être échafaudés, Tristan ne pouvait se trouver nulle part ailleurs. Mais le hululement de Jimmy restait sans réponse.

La maison avait bien une porte d'entrée côté rue, avec sonnette, mais personne ne l'utilisait. Même le facteur passait par-derrière, la véranda était toujours ouverte en grand durant la journée. Dans le couloir qui menait à la cuisine, on pouvait voir une bonne soixantaine de chaussures, de toutes sortes et de toutes tailles, alignées contre la paroi – un moyen de dissuader à coup sûr les cambrioleurs.

Le regard de Jimmy s'est posé sur les souliers que le papa de Tristan portait comme des savates, mais qui avaient appartenu à son propre père. Sa mère était allée jeter toutes les affaires de son ex-mari dans le conteneur textile des Petits Riens, et même si l'association caritative livrait ces dons au centre de tri à Lierre, d'où ils étaient ensuite répartis dans toute la région, certaines possessions du père de Jimmy avaient manifestement retrouvé le chemin de Bovenmeer. Leur ancien propriétaire, toujours très soigneux de ses chaussures, ne les aurait jamais enfilées sans en avoir desserré les lacets. Chaque fois que Jimmy apercevait ces souliers dans le couloir, avec leur contrefort écrasé, il s'appliquait à leur restituer leur forme d'origine.

Lavdi, dans la cuisine, l'a salué d'une voix tellement douce qu'il ne comprenait pas si elle parlait néerlandais ou albanais. Elle avait toujours de menues tâches à effectuer : pétrir le pain, faire du fromage, mettre la dernière main aux plats que Jimmy, par politesse, goûtait quand on les lui présentait… Sa spécialité ? Le goulasch, ou encore le *pasulj*, une soupe aux haricots – des mets qu'il préférait nommer plutôt que manger.

De toute la fratrie, c'est Lavdi qu'il connaissait le moins bien. Elle suivait rarement ses leçons et ne participait pas aux jeux de vocabulaire, dommage, car elle avait déjà des seins, assez gros même. Ils bougeaient au rythme du pétrissage, c'étaient les premiers auxquels Jimmy s'intéressait et qu'il aurait aussi voulu toucher, histoire de vérifier la théorie des grands à l'école, comme quoi un sein se distinguait à peine d'un ballon de baudruche rempli de farine.

Sur la gazinière refroidissaient les restes du repas de midi. Une casserole de viande brune et filandreuse sous une chape de graisse jaunâtre.

"Coucou !" a lancé Jimmy depuis le pas-de-porte du living. Les volets roulants étaient à peine entrouverts, ses pupilles s'accoutumaient difficilement à la pénombre. Les villageois, certes généreux, n'avaient offert que du mobilier vieillot et marron foncé. Des meubles massifs, qui semblaient venus distribuer des punitions.

L'ambiance dans la salle de séjour était plus morose et plus grave que d'habitude. À table, il y avait Tristan, Jetmira, leur père et aussi deux gros costauds, chacun devant une tasse de café soluble. C'étaient les deux Albanais moustachus qui venaient régulièrement et qui, des années plus tôt, s'étaient installés à Anvers avec leur famille. Ils tenaient les Ibrahimi au courant de l'actualité politique, les aidaient à compléter les paperasses des demandes d'asile et leur transmettaient des nouvelles du pays. L'un d'eux était même allé en Suisse pour rencontrer une tante de Tristan, exilée là-bas.

Assise dans le fauteuil près de la fenêtre, la mère allaitait ses deux plus jeunes enfants. Un téton pour Paola, l'autre pour Defrim, âgé d'à peu près cinq ans. Elle avait un gros ventre et une poitrine dont Jimmy savait bien qu'elle ne compterait pas lorsqu'on lui demanderait à la récré combien de seins il avait déjà vus en vrai. Ceux-là tombaient jusqu'à la taille, et les aréoles, aussi grandes que des soucoupes, avaient la même couleur tabac que le canapé en skaï.

Après un signe de Tristan, Jimmy a pris place à table, son sac sur les genoux. Lavdi est accourue poser devant lui un grand verre, qu'elle a rempli de River Cola. La conversation n'a repris qu'une fois la première gorgée bue.

Jimmy détestait quand les Ibrahimi recevaient de la visite. Il perdait alors l'attention de Tristan et n'avait plus qu'à attendre de réexister à ses yeux. Il ne comprenait toujours pas un mot de ce qui se disait, mais tournait quand même la tête vers la personne qui parlait, comme s'il suivait des yeux un ballon de football sans obtenir une seule passe. Tristan intervenait de temps en temps dans sa langue maternelle par une remarque que tout le monde ignorait.

Au centre de la table était posé l'avis d'expulsion. Des regards méfiants et inquiets le scrutaient, comme s'il pouvait exploser à tout moment. Jimmy essayait d'en déchiffrer le texte. En haut à gauche, il y avait "Royaume de Belgique" et "Office des Étrangers".

Placé en face de Tristan, il ne pouvait pas s'empêcher de le dévisager, d'observer ses mains couvertes de croûtes, ses dents d'un blanc éclatant, ses taches de rousseur, sa peau grisâtre évoquant une photo sous-exposée, ses narines ovales un peu dilatées, ses poils de nez sur lesquels étaient collés de petits grains, ses yeux bruns sous de larges sourcils. Jimmy enregistrait le moindre détail, comme durant les jeux de mémorisation en classe, quand la maîtresse montrait quelques instants une image qu'il fallait ensuite redessiner le plus précisément possible. Étant donné qu'on ne pouvait pas tout retenir, il s'agissait de se concentrer sur les caractéristiques les plus importantes.

Tristan bougeait autrement que d'habitude. Ça lui arrivait de temps en temps, avait remarqué Jimmy, par exemple quand la peur le saisissait à cause d'avions de chasse qui volaient au-dessus de lui, ou de pétards qui éclataient à proximité, ou de quelqu'un qui criait, mais aussi quand il apercevait des gens en uniforme : il se figeait, commençait à cafouiller, comme s'il restait trop peu de lui à l'intérieur de son corps pour piloter l'extérieur. Ça pouvait durer un moment avant qu'il recouvre sa présence d'esprit, avant que ses mouvements redeviennent fluides. La fois où, à l'école, un agent de la circulation était passé dans chaque classe expliquer le Code de la route pour les cyclistes et les piétons, on avait par précaution envoyé Tristan lire des bédés toute la journée chez la directrice.

Jimmy s'était fait à l'idée de ne jamais connaître que le Tristan-d'après-l'exil, le Tristan qui ne savait pas s'il pourrait rester, celui qui renfermait en lui un autre Tristan, une version plus aboutie, le Tristan kosovar qui parlait sa langue maternelle, qui avait passé dix étés relativement paisibles dans une ferme près des montagnes, qui n'avait pas encore le mal du pays ni l'obligation de laisser derrière lui qui ou quoi que ce soit. Si ardente qu'ait été la volonté de Jimmy de découvrir ce Tristan-là, il ne connaissait de lui que l'écorce tout autour, le mince anneau de croissance d'une autre sorte de bois.

Quelqu'un a toqué au carreau de la véranda, puis est entré. C'était Johan le bibliothécaire, avec sa grande carcasse et les deux paires de lunettes qu'il portait toujours en alternance sur le front et sur le nez.

Johan fournissait de la lecture aux Ibrahimi depuis un an. Le vendredi soir, il débarquait chargé d'une pile de livres, pour tous les âges, et passait chaque jour à la fin de sa journée de travail leur apporter le *Standaard* du matin et des photocopies de tous les articles qu'il avait pu trouver dans les autres journaux de la bibliothèque au sujet de la guerre au Kosovo. Après avoir déposé les livres sur la table et serré la main aux hommes, il s'est assis parmi eux. Au-dessus de la pile, il y avait une grande quantité de tracts illustrés d'une photo de la famille, prise dans le jardin et légendée LES KOSOVARS DOIVENT RESTER !!! Sur la photo, les enfants posaient en rang d'oignon, tout comme ils s'étaient présentés à Jimmy. Le cliché avait déjà servi à illustrer un article de la *Gazet van Antwerpen* à l'arrivée des Ibrahimi.

Il fallait diffuser ces tracts dans l'ensemble du village, a dit Johan, ses enfants allaient s'en occuper dans l'après-midi, toute aide était bonne à prendre.

Lui-même n'avait pas beaucoup de temps, c'était toujours très chargé à la bibliothèque pendant les vacances d'été, il avait juste profité de sa pause repas pour s'éclipser en prétextant une urgence, ce qui d'ailleurs était vrai. Avec Johan, les Albanais s'exprimaient en néerlandais, une langue que Jimmy les entendait rarement parler. L'un d'eux traduisait tout au père de Tristan.

"Où est la lettre en question ? a demandé Johan. Il permutait déjà ses lunettes. La paire posée sur son crâne descendait sur le nez, remplaçant celle qui, retenue par un cordon, pendait maintenant autour du cou.

Tristan s'est brusquement redressé et a tendu la lettre au bibliothécaire, comme on se débarrasse d'une loque ayant servi à essuyer quelque chose de sale.

Tous les regards étaient braqués vers Johan, l'ambiance redevenait un peu plus légère : et s'il y avait une chance pour que cette situation ne soit finalement qu'un regrettable malentendu ?

Jimmy a ingurgité une sérieuse lampée de River Cola, puis une autre, histoire de réprimer sa nervosité. Le soda était plus sucré que celui qu'on buvait à la maison. Il imaginait cette rivière, sombre et sirupeuse, où il emmènerait Tristan et où son ami lui apprendrait à nager. La teneur en glucose empêchait quiconque de se noyer, il n'y avait qu'à se laisser porter par le courant, sur lequel flottait un radeau qui n'était pas un matelas de mousse, comme à la piscine, mais un gigantesque ruban acidulé au goût fraise.

Johan a secoué la tête d'un air navré : "Effectivement, c'est écrit là, votre demande d'asile a été rejetée. Toute la famille doit retourner dans son pays d'origine, sauf Paola, qui est née ici, elle peut obtenir la nationalité belge."

Il se trouvait cependant que cette notification n'était pas la première. Apparemment, le père de Tristan avait déjà signé un avis d'expulsion quelques mois auparavant à la maison communale et maintenant, le délai prévu pour un départ volontaire arrivait à son terme – était-ce vrai ? Dans ce cas, ça n'arrangeait pas leurs affaires. La dernière possibilité de faire appel remontait à un certain temps. Les Ibrahimi étaient au bord de l'éviction.

Oui, c'était bien ça, avaient confirmé les deux moustaches après avoir brièvement interrogé le père de Tristan. La première notification était rédigée en français : il croyait alors signer un contrat de travail.

Johan, qui après cette confession avait bien changé trois fois de lunettes, s'est dit qu'il ne retournerait pas à la bibliothèque sans être passé chez son beau-frère, avocat de métier, pour lui demander conseil.

Si Jimmy avait su ce matin-là, devant le distributeur de billets, qu'ils allaient avoir besoin du meilleur avocat du pays, il n'aurait sûrement pas rendu l'argent à la dame, mais se serait trouvé assez de courage pour fuir à toute blinde.

“Dis, Johan, on a encore combien de jours ?” a demandé Tristan, échangeant un regard avec Jetmira.

Elle avait les cheveux carotte, plein de taches de rousseur et un visage rond – de toute la famille, c’était elle qui avait pris le plus d’embonpoint.

Johan a lancé aux moustachus un coup d’œil interrogateur, comme s’il cherchait l’autorisation de communiquer une nouvelle alarmante.

“Tristan !” est intervenue sa mère avant de prononcer quelques mots en albanais, sans doute la prière de ne pas se mêler aux grandes personnes, car, après avoir désigné Jimmy de l’index, elle a pointé ce même doigt vers l’extérieur.

Il faisait à présent un temps magnifique, le jour passait en pointillé entre les lames des volets roulants, comme si on tirait sur eux des petits plombs de soleil.

Maintenant que Tristan et lui n’étaient plus à portée de voix des adultes, Jimmy a enfin osé parler : “Alors comme ça, tu as un plan ? Raconte !”

Il prenait déjà les devants et se dirigeait à grandes enjambées vers le hangar. Là-bas, ils seraient à l’abri des regards et auraient pratiquement tout à leur disposition, même du matériel dont ils ne savaient pas encore qu’ils pouvaient avoir besoin. Le temps leur était compté. Mais Tristan restait dans l’embrasure de la porte du jardin, comme en stand-by. Jimmy est revenu sur ses pas.

“On doit attendre Jetmira, elle est en train de faire pipi”, a dit Tristan. Il scrutait la porte des toilettes extérieures, derrière Jimmy.

“Au fait, j’ai réfléchi, je peux vous proposer deux ou trois idées.

— De toute façon, nous, on a mieux !”

C’était la voix perçante de Jetmira depuis le cabinet d’aisances.

Ensuite, le réservoir de la chasse d’eau s’est vidé en cascade. Jetmira, qui dépassait Tristan d’une tête et Jimmy de deux, a reparu. Elle ne s’est pas lavé les mains.

“Mon frère te l’a peut-être dit au téléphone : on a un super plan, mais on ne peut pas le faire sans toi.”

À l’intérieur de Jimmy, une petite lampe s’est allumée. Ils avaient échafaudé leur projet en lui réservant un rôle crucial, tout comme lui-même échafaudait, la nuit, des projets dont Tristan ne pouvait être absent. La cérémonie de remise des albums, par exemple. Il avait répété ce moment un millier de fois au bas mot et savait exactement ce qu’il dirait quand il remettrait les flippos à son copain.

“Vous n’avez qu’à m’expliquer ce que je dois faire.

— Suis-moi, Jimmy !” a commandé Jetmira.

Précédant les garçons jusqu’à l’entrée du Petit Kosovo, elle a écarté avec force les portes coulissantes du hangar, qui se sont presque décrochées de leur rail.

D'habitude, Jetmira ne s'intéressait pas trop à Jimmy. Elle passait le plus clair de son temps au fond du jardin avec Marita, une voisine de son âge. Et même si elles n'étaient que deux, leurs tête-à-tête ressemblaient toujours à des discussions en cercle fermé. En général, on les voyait penchées au-dessus d'un petit disque en carton qu'elles entouraient de laine pour en faire un pompon, tout en se posant mutuellement des questions hypothétiques, comme l'animal qu'elles aimeraient être (un condor pour Jetmira, avait cru entendre Jimmy), ce qu'elles voulaient faire plus tard (coiffeuse) et sous quelle forme d'en-cas elles préféreraient se réincarner (un friand au fromage). Pour la première fois, Jetmira appelait Jimmy par son prénom et c'était aussi agréable que préoccupant.

Le trio s'est avancé vers le coin que Tristan et Jimmy avaient aménagé à l'aide d'une vieille publicité lumineuse pour Tigra filtre, deux poufs et une table pliante fabriquée avec un couvercle de WC fixé au mur.

"OK, Tristan, présentation."

Le regard que Jetmira adressait à son frère révélait qu'ils avaient répété la scène.

Tristan s'est mis à bégayer, il osait à peine poser les yeux sur Jimmy. Jetmira n'a pas tardé à prendre le relais :

"On a prévu quelque chose, mais ça peut être dangereux. Il faut d'abord vérifier que tu tiendras le coup.

— C'est ça, a confirmé Tristan. Tu dois nous prouver que ce n'est pas trop dur pour toi."

Il gagnait en assurance, maintenant qu'il pouvait appuyer les propos de sa sœur.

"C'est pour ça qu'on t'a préparé un test."

Les tests, c'était son rayon, à Jimmy.

"Non, non, pas un test : une *épreuve*, a corrigé Jetmira. Les tests, c'est mental. Les épreuves, c'est physique."

Jimmy ne savait pas s'il était bon sur ce terrain-là : "Quelle sorte d'épreuve ?"

Jetmira se tenait près de la bonne oreille de Tristan, ce qui laissait le mauvais côté à Jimmy et l'obligeait à crier un peu.

On lui expliquerait ça tout à l'heure. Pour l'instant, il fallait préparer le matériel.

"Vous me dites si je peux vous aider", a proposé Jimmy. Il les regardait libérer de l'espace au milieu du fatras.

Finalement, se disait-il, cet endroit n'était pas un hangar, mais le QG d'un club secret. On y échafaudait des plans, on y inventait des épreuves, comme dans toute organisation confidentielle. Avec Jetmira, le club comptait dorénavant trois membres. Pourquoi n'y avait-il pas pensé plus tôt ? Ils auraient pu se trouver un nom, le faire graver sur une plaque en métal et l'imprimer sur des casquettes, comme son père à l'époque. Par exemple "Club des Chips au Paprika". Ça sonnait bien, et l'appellation n'était certainement pas encore prise. Les membres du Club des Chips au Paprika feraient plein de choses, mais surtout, ils seraient honnêtes, géreraient bien leurs affaires et ne partiraient pas avec l'argent d'autrui.

"Tu peux mettre ton maillot, alors, en attendant", a dit Jetmira.

Jimmy s'est recroquevillé :

"Je ne sais pas nager. Je vais encore dans le petit bain.

— Mais t'as pas peur de l'eau, quand même ?"

L'eau qui sortait d'une bouteille ou qui tombait en pluie ne lui faisait pas peur, non, contrairement à celle qui l'obligeait à se changer.

"Et puis, je n'ai pas de maillot."

Il a malgré tout fouillé dans son sac à dos, sachant très bien qu'aucun slip de bain ne s'y trouvait.

"On va t'arranger ça. Tu sais où est notre armoire à vêtements ?"

Jimmy a fait oui de la tête.

"Alors va chercher un slip de bain ou un caleçon qui te va.

— OK, mais je ne sais pas nager.

— Tu me l'as déjà dit, Jimmy."

Après avoir acquiescé de nouveau, il est sorti du hangar et a discrètement regagné la maison obscurcie. Il avait pris son sac à dos, au cas où. Seule Lavdi était encore en train de s'affairer dans la cuisine. Il y flottait une odeur épicée qui, ailleurs, aurait senti mauvais, mais pas là.

L'armoire dont avait parlé Jetmira n'en était pas vraiment une, mais un petit local au rez-de-chaussée. Il lui manquait sa porte, heureusement décrochée de ses gonds car sinon, personne n'aurait pu y entrer, avec tous ces habits qui l'envahissaient sur cinquante centimètres d'épaisseur.

Tristan en avait un jour expliqué le système à Jimmy : régulièrement, les Petits Riens ou une autre organisation caritative donnaient à la famille de gros sacs en plastique remplis de vêtements. Parfois, c'était après un tri en fonction de la taille, mais le plus souvent il n'y avait pas de logique, si bien que chacun des sacs ne contenait qu'une ou deux pièces mettables. Mme Ibrahimi s'efforçait de répartir les habits en piles distinctes, une par enfant, mais lorsque Tristan avait besoin d'un pantalon et qu'il n'en trouvait pas le matin dans sa pile, il ouvrait carrément un nouveau sac et le vidait sur le sol. Comme ses frères et sœurs faisaient pareil, le fouillis grossissait sans cesse entre les petits tas.

Jimmy s'est déchaussé pour contourner la montagne de chiffons. Dans un coin de la pièce, il y avait un piano chargé de hautes piles de linge fraîchement lavé. Au sommet de la plus grande, il a reconnu un pantalon de jogging en lycra vert de chez Adidas que, dans son souvenir, Tristan avait porté au moins une fois. Jimmy l'a essayé, mais c'était beaucoup trop grand pour lui – deux ans de différence en centimètres carrés de tissu.

Il a poursuivi ses recherches à la hâte. Pas question que Lavdi ou Jetmira le surprenne comme ça, juste en slip. Apercevant un maillot qui pouvait lui aller, il l'a finalement dissimulé sous le couvercle du piano : il ne mettrait rien suggérant qu'il acceptait de se baigner. Heureusement, l'une des piles contenait aussi un bermuda en cotonnade légère, avec des coutures fluos et un cordon en guise de ceinture. Pour ne pas se montrer torse nu devant Jetmira, il a enfilé un tee-shirt ras du cou en tissu éponge bleu ciel, à manches larges. Quant à ses propres vêtements, il les a fourrés dans son sac à dos.

Il n'était pas parti plus de dix minutes. En son absence, Jetmira et Tristan avaient traîné une vieille baignoire, autrefois utilisée comme abreuvoir pour les vaches, jusqu'au lieu de mise à l'épreuve. En la voyant, Jimmy s'est immobilisé. Les autres traversaient le hangar avec des seaux pour les remplir au robinet avant de revenir les verser dans la baignoire. Ils étaient tellement occupés par leur navette qu'ils n'avaient pas remarqué son retour. Plus il restait là, à les regarder, plus ça devenait difficile de réapparaître, comme s'il devait tenter un saut en longueur sans avoir pu prendre son élan. Ce n'est qu'en esquissant un demi-tour prudent pour sortir dans le jardin se poser un petit moment sur la balançoire qu'il s'est fait repérer par Jetmira.

“Ben dis donc, c’est pas trop tôt ! On a presque fini la préparation.”

Jimmy s’est approché de la baignoire, a jeté un coup d’œil à l’intérieur, elle était à moitié remplie.

“Vous croyez vraiment que je vais me mettre là-dedans ?”

Jetmira a lancé à son frère un regard du style “Tu vois, je te l’avais bien dit”.

“Et si je ne veux pas, en fin de compte ?

— Alors on va demander à Marita. On a fait une liste de trois noms. Avec le tien en premier.”

Elle toisait Jimmy – le bermuda était peut-être à elle.

Tristan a renchéri :

“On t’a mis tout en haut de la liste des feux.

— De la liste des vœux”, a corrigé Jimmy.

En pensant à ce qui figurait en tête de sa propre liste de vœux, il ne pouvait s’empêcher de se réjouir de la situation. S’ils estimaient Marita capable de surmonter cette épreuve (Marita, qui n’avait pas non plus son brevet des vingt-cinq mètres et qui, lorsqu’on lui demandait quel animal elle aimerait être, optait pour l’escargot “parce que personne ne lui demandait d’arriver à l’heure”), alors lui aussi pouvait le faire.

Avant de commencer, on devait attendre que les parents soient partis, a précisé Jetmira. Une voisine viendrait les chercher à quinze heures pour faire des courses chez Aldi. Jetmira est quand même allée voir si la voie était déjà libre.

"Mais pourquoi est-ce qu'ils doivent être absents ?" a demandé Jimmy, sans que son ami lui réponde.

La baignoire était maintenant remplie aux deux tiers et Tristan apportait les derniers seaux d'eau. Autorisé à en vider un lui aussi, Jimmy s'est un peu calmé.

Tristan a pris place sur une chaise en plastique pour souffler un instant. Jimmy s'est accroupi à côté de lui.

Le fait de se trouver à présent seul dans le hangar avec Tristan lui offrait l'occasion de donner à son copain les deux albums de flippos, même si ce n'était pas comme ça qu'il avait imaginé la scène. La remise de cette collection exigeait pour le moins qu'il porte ses vêtements à lui et pas ceux d'une fille qui, en plus, pouvait débouler à tout moment.

"Euh, Tristan… Qu'est-ce que tu dirais si on montait un club ? Le Club des Chips au Paprika. On ferait nos réunions ici."

Tristan approuvait d'un air absent.

Jusque-là, ils avaient été en tous points égaux, mais depuis l'intrusion de Jetmira, une différence les séparait soudain. En présence de sa sœur, Tristan avait grandi alors que Jimmy ne faisait que rapetisser.

Il s'est relevé, a de nouveau regardé l'eau dans la baignoire. Une petite quantité suffisait pour s'y noyer.

"Ce n'est pas avec la tête sous l'eau, hein, Tristan ?"

Tristan a fait signe que non.

“Tu connais le numéro de l’ambulance, hein, Tristan ?

— Oui.

— Le 100. Facile à retenir. Et en plus, l’appel est gratuit.”

Il s’est assis, à côté de Tristan, sur un seau renversé. Voilà qu’ils patientaient maintenant dans la salle d’attente d’un terrible événement.

L’avant-veille encore, ils étaient en train de construire Hamsterland, un parc d’aventures destiné aux cochons d’Inde des jumeaux et composé de tubes en PVC collés entre eux. Le circuit attendait dans un coin du hangar. Jimmy aurait préféré poursuivre le chantier.

“On va quand même finir Hamsterland ?

— Oui, s’ils nous laissent continuer à habiter ici.

— Vous n’allez pas me faire du mal, hein ?” s’est inquiété Jimmy d’une voix faible.

Avant que Tristan ait pu réagir, Jetmira était déjà de retour avec un sac de courses qu’elle brandissait d’un air mystérieux.

“Il y en avait assez ?” lui a demandé Tristan.

Jetmira a montré le contenu du sac à son frère. Tout ce que Jimmy pouvait apercevoir, c’était le sachet de petits pois par-dessus.

“Je n’irai pas dans l’eau si vous ne me dites pas ce que vous voulez faire, a prévenu Jimmy.

— On ne peut rien te dire parce que d’abord, tu dois passer l’épreuve”, a réagi Tristan.

Celle-ci était simple : Jimmy n'avait qu'à rester allongé dans la baignoire aussi longtemps que possible. On lui permettait de garder la tête hors de l'eau.

Ah bon, c'était tout ? Pas besoin de mettre la bouche ou les yeux sous la surface ? Et eux, ils resteraient là, à côté ?

Oui, c'était tout. Ils resteraient là. On allait juste refroidir un petit peu l'eau une fois qu'il serait installé.

"Bon, c'est quand même pas la mer à boire !" a lancé Jimmy, enhardi par le soulagement.

Jetmira lui a indiqué d'un geste qu'il pouvait y aller.

Sous les yeux de ses camarades, Jimmy a enjambé le rebord de la baignoire. Il s'est accroupi.

Ça lui était déjà arrivé de se faire tremper tout habillé, mais seulement à cause d'une averse, lors de ses explorations à vélo. Pas comme cette fois.

Avec précaution, il s'est assis, puis allongé. Pendant une seconde, l'eau s'est d'abord engouffrée dans les jambes du short, les manches du tee-shirt, le col, mais a aussitôt après imbibé l'ensemble du tissu, comme si la première vague d'infiltration avait ouvert la voie au reste.

Jimmy était à présent immergé totalement à l'exception de la tête, qu'il tentait de maintenir hors de l'eau si convulsivement que sa nuque en était déjà raidie par une crampe.

Jetmira s'est penchée sur la baignoire : "Bon, maintenant on doit faire baisser la température. T'es prêt ? Ça vient."

Elle a balancé dans l'eau divers sachets pleins de surgelés. Petits pois, haricots verts, oignons – tout ce qu'elle avait trouvé dans le freezer. Et du chou rouge, du cerfeuil, des frites… Chaque paquet de légumes faisait monter le niveau et Jimmy devait réajuster sa position pour garder le visage au sec. Dans la mesure où son ami Tristan participait lui aussi à l'ajout de surgelés, il n'osait pas dire que c'était bien assez froid comme ça.

Jetmira, du bout des doigts, a tâté l'eau.

"OK, on chronomètre. Il faut que tu restes là-dedans le plus longtemps possible.

— Vous comptez en secondes ou en minutes ? a demandé Jimmy, qui claquait des dents.

— En minutes", a-t-elle répondu.

Il ne pouvait pas se plaindre d'avoir froid devant eux, qui avaient passé des nuits dans la montagne et dérivé des heures entières sur un petit bateau, en pleine mer, mouillés jusqu'aux os.

Que comptaient-ils faire demain ? Voulaient-ils inviter les auteurs de la lettre d'expulsion à venir s'allonger ici dans la baignoire pour ressentir eux-mêmes le froid que les Ibrahimi avaient dû supporter avant d'arriver jusqu'au village ? Pour les comprendre ?

Un sachet de surgelés s'est dangereusement approché de sa peau et Jimmy a bougé la main pour l'écarter. Il aurait dû prendre un antidouleur, vu que le froid aussi était une sorte de douleur, une douleur qui ne connaissait pas encore le chemin à suivre. Alors il a fermé les yeux et s'est obligé à passer sa collection en revue, essayant de recenser les pièces qui lui manquaient. D'habitude, ces énumérations l'apaisaient, mais là, elles ne faisaient qu'exacerber sa nervosité car elles semblaient inaccessibles, comme derrière une vitre.

"Ça va encore ? a demandé Tristan, penché au-dessus de lui. Tu es goulasch, maintenant."

C'était la première fois de la journée que Jimmy voyait Tristan sourire.

"Il vaudra mieux ne pas mettre ces légumes à recongeler, après", a conseillé Jimmy. Son père le lui avait dit un jour en faisant la cuisine – ça pouvait être dangereux.

Non, ce n'était pas le moment de penser à son père en tablier de cuisine. Ce souvenir le ramollissait, le rendait perméable et il avait envie de pleurer au moindre prétexte. S'il se laissait aller maintenant, l'eau passerait directement à travers sa peau, imbiberait ses organes et ce serait fichu pour lui.

Tristan s'est adressé à Jetmira. Ils parlaient d'un ton grave, dans leur langue. Même si Jimmy n'entendait pas citer son prénom, il était sûr que ça le concernait.

"Qu'est-ce que vous êtes en train de dire ?

— On se demande si tu respires encore comme il faut. Ça ne te fait pas mal, dans la poitrine ?"

Jimmy a posé la main sur son cœur puis sur ses poumons pour voir comment ça allait, mais il ne sentait plus du tout son corps, plus rien, ni sa main, ni sa poitrine. Peut-être même que son zizi s'était détaché, qu'il avait quitté le short par le bas et qu'il surnageait à présent dans la baignoire.

"Il me reste combien de temps pour réussir l'épreuve ?"

Jimmy n'avait aucune idée de la limite qu'ils s'étaient fixée, il les voyait par moments regarder leur montre, de plus en plus souvent, comme si on en était à jouer le tout pour le tout.

Dans sa tête, Jimmy tâchait de se représenter le froid sous la forme d'un escalier qu'il devait gravir pour rejoindre la chambre aux matelas, marche après marche, et encore une, puis une autre, juste un dernier effort, à la fin il pourrait aller s'allonger au chaud, entre les corps endormis de Lavdi et de Tristan.

"T'en es à quinze minutes", a annoncé Jetmira, un irréfutable soulagement dans la voix. Ça devait être la durée minimale, mais Jimmy n'en avait pas la certitude, alors il a encore compté jusqu'à dix.

"C'était assez long ? J'ai réussi l'épreuve ?

— Oui, tu as réussi", a confirmé Tristan avant de poursuivre en albanais avec Jetmira.

Jimmy est sorti aussi vite que possible de la baignoire. Pour garder son équilibre, il devait s'accrocher au bras de Tristan, dont la peau était d'une chaleur délicieuse – si seulement il pouvait ne plus jamais le lâcher…

Derrière une muraille de cartons à bananes, il s'est rhabillé. Ça n'allait pas de soi : ses doigts gelés parvenaient à peine à dénouer le cordon du bermuda.

"Vous me passez un drap de bain ?" a-t-il demandé.

Il entendait Tristan et Jetmira faire le ménage, l'un rapportait les sachets de légumes à la cuisine tandis que l'autre débarrassait les vêtements mouillés. Personne ne lui donnait de quoi se sécher. Les doigts toujours engourdis, Jimmy a tiré la fermeture éclair de son sac à dos : pas une seule goutte ne devait atterrir sur les albums de flippos – il aurait dû les emballer dans du plastique.

Remettre ses vêtements lui a pris un bon quart d'heure.

Une fois rhabillé, il est sorti du hangar, au soleil. Ça faisait bizarre d'avoir chaud. Tristan était avec Jetmira au fond du jardin. Ils enterraient le short et le tee-shirt de tout à l'heure. Lorsque Jimmy les a rejoints, ils se sont tus.

"Qu'est-ce que vous faites ? C'est quoi au juste, votre plan ?

— On doit effausser toutes nos traces. Tu vas savoir pourquoi demain. Mais d'abord, il faut dormir avec nous, a décrété Tristan.

— C'est « effacer », le mot exact, a rectifié Jimmy en claquant des dents. Le verbe « effausser » n'existe pas."

Jetmira a pris le relais :

"On va commencer la deuxième partie de l'épreuve. Pour être sûrs que tu peux garder un secret. T'as le droit d'en parler à personne. Et pas non plus de poser des questions sur nos plans.

— Jusqu'à quand ?

— Jusqu'à neuf heures demain matin. Ça voudra dire que t'as réussi et qu'on peut passer à l'action."

Jimmy a acquiescé.

"Et quand est-ce que ça commence ?

— Maintenant."

III

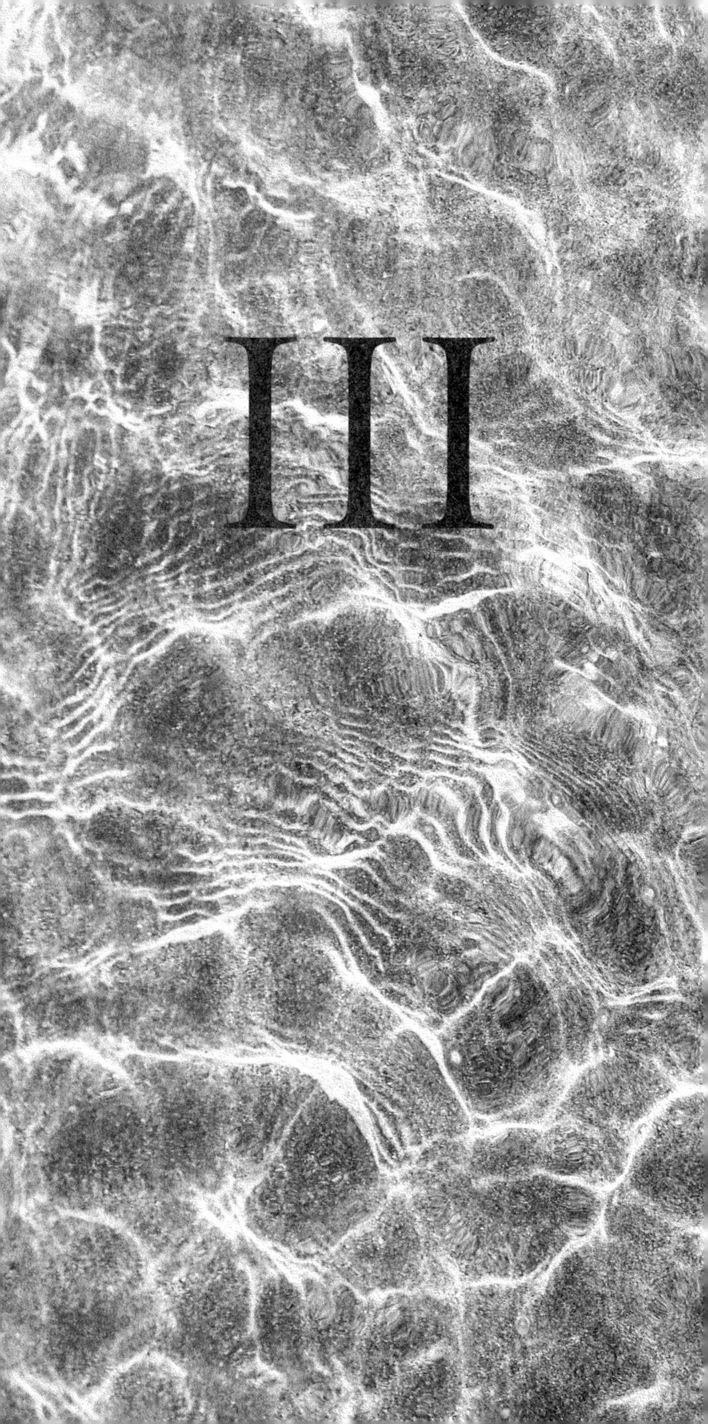

Jetmira avait été appelée à l'intérieur pour aider ses parents à ranger les courses. Tristan et Jimmy restaient au fond du jardin, près du petit tas de terre sablonneuse fraîchement remuée.

Avant même que Jimmy ait pu se demander si ce décor convenait pour la remise officielle des albums dissimulés dans son sac à dos, Jetmira était déjà de retour, marchant du pas décidé de quelqu'un qui vient délivrer un message. Mme Ibrahimi, malgré la déplorable nouvelle du jour, voulait offrir un bon repas à leur invité, c'est pourquoi il fallait que Tristan aille tout de suite chercher des pommes de terre, des oignons et des poivrons bien mûrs au potager. Et puis tant qu'ils y étaient, est-ce qu'ils pouvaient aussi désherber dans la serre ?

Jimmy aimait bien déraciner les mauvaises herbes. Il avait l'habitude de s'occuper du potager avec Tristan. Le mercredi et pendant les vacances, tous les Ibrahimi de huit ans ou plus devaient travailler une heure dans le jardin avant de s'envoler rejoindre leurs camarades de jeu ou une association sportive ; quand un copain les aidait, la corvée durait deux fois moins longtemps. Jimmy et Tristan combinaient généralement le désherbage à des exercices de vocabulaire : Jimmy énonçait des mots difficiles, dont Tristan devait trouver le synonyme. Ou alors il racontait à Tristan des anecdotes historiques empruntées aux intercalaires de ses classeurs à flippos, afin d'enseigner discrètement à son ami les savoirs d'un collectionneur avisé.

Jimmy avait suivi Tristan jusqu'à la serre. Le soleil était déjà moins haut, ce qui, peu à peu, donnait aux ombres des tomates une forme d'aubergine et à celles des aubergines une forme de concombre.

"Toi, tu fais les mauvaises herbes, moi, je récolte et j'arrose", a dit Tristan.

Ils travaillaient en silence. Le slip encore mouillé de Jimmy le gênait de plus en plus lorsqu'il se penchait en avant. La terre était sèche, les mauvaises herbes se déracinaient facilement. Seul à seul, Tristan et lui redevenaient égaux, l'un était de nouveau assorti à l'autre et vice-versa. Pourtant, jamais leur jeu des synonymes n'avait semblé aussi insignifiant.

"Est-ce que tu as déjà mangé des escargots ?"

Tristan posait à terre la bassine contenant sa récolte de légumes.

"Non", a répondu Jimmy. Il se doutait bien que Tristan en avait déjà mangé. Pendant leur fuite à travers les montagnes, lui et sa famille s'étaient contentés de ce qu'ils trouvaient pour apaiser leur faim.

Au bout d'une piste baveuse, Tristan a ramassé un escargot et lui a arraché sa coquille : "Tiens, goûte."

Il a ensuite posé le limaçon gluant dans la paume ouverte de Jimmy.

Était-ce une autre partie de l'épreuve ? Levant la main à hauteur de regard, Jimmy a examiné de tout près l'escargot, la peau en similicuir, les antennes rétractiles, les grains de sable agglutinés dessus. Impossible de porter cet animal à sa bouche.

Tristan lui a attrapé le poignet pour le guider.

Bien sûr, manger cet escargot ne le rapprocherait pas de Tristan, mais un refus les éloignerait pour de bon. Enfournant la bestiole, Jimmy a mastiqué vigoureusement deux ou trois fois. Elle était plus coriace que prévu et son âme, avait-il cru percevoir, ne s'était pas détachée tout de suite. Du sable crissait entre ses dents, le goût faisait penser à des champignons.

Non, il n'allait pas vomir, il devait pouvoir gérer ça. Jimmy songeait à toutes ces choses en comparaison de quoi cette bouchée n'était rien, par exemple un très long bain glacé – il en avait bien été capable. Si on faisait réduire à petit feu la déception causée par son père, qui ne l'avait jamais appelé pour s'enquérir de ses résultats scolaires, jusqu'à obtenir une bouchée de la taille d'un escargot, elle serait plus dure à avaler que celle-ci.

"Pas mauvais, hein ? a demandé Tristan une fois que Jimmy eut fini de déglutir.

— Pas mauvais."

Il essayait de ne pas avoir l'air trop enthousiaste, car une deuxième becquée ne le tentait guère.

Une demi-heure plus tard, la serre était nettoyée de ses mauvaises herbes et le potager entièrement arrosé. Tristan et Jimmy ont retraversé la bande de gazon, passant devant la balançoire et le toboggan. Ils shootaient dans une tomate encore verte, qui se crevassait davantage à chaque coup de pied. Jimmy s'efforçait de ne pas bouger la langue, car dès qu'elle lui touchait le palais, le goût de champignon se ranimait et lui donnait la nausée. Ils sont entrés dans le hangar.

"J'ai quelque chose d'important pour toi, une surprise", a annoncé Jimmy avant même qu'ils soient assis. Il s'inquiétait déjà d'être allé trop vite.

"Pour moi ? C'est quoi ?

— Je peux aussi te le donner quand on aura fini le papriboulga.

— D'accord."

Tristan semblait tout de suite un peu moins morose.

Ils se sont attelés aux préparatifs, ils ont abaissé le couvercle des toilettes, rapproché les tabourets.

Tristan a sorti de sous un drap une caisse qui renfermait les matériaux requis : une mini-bouilloire électrique dénichée parmi les vieilleries de Kurt, des cuillers, des serviettes en tissu roulées dans des ronds en bois qu'ils avaient gravés des initiales J. S. et T. I., ainsi que deux petits bols marqués au feutre des mêmes initiales.

Jimmy a retiré de son sac à dos les chips déjà passées au crible. Il tâchait de tout faire avec soin malgré son envie pressante d'éliminer le goût d'escargot.

Le papriboulga était vraiment l'une des plus belles inventions du monde. Au cours de l'année écoulée, après chacune de leurs leçons particulières, ils avaient confectionné ensemble ce mets délicieux. Le papriboulga existait depuis aussi longtemps que leur amitié et revêtait autant d'importance à ses yeux.

Jimmy avait inventé cette recette peu avant l'arrivée de Tristan au village et, une fois sa confiance accordée au nouveau venu, il lui en avait servi une portion – c'était son premier goûteur. Au début, Jimmy avait tenté de faire croire à Tristan qu'il s'agissait d'une spécialité locale, pensant que l'expérience gustative n'en serait que meilleure, mais le soir même, dans son lit, il le regrettait déjà, car son copain avait gobé l'histoire sans discuter, comme il gobait tout ce qu'on lui disait, les premiers temps. Le lendemain, Jimmy lui avait avoué que c'était un mensonge, que la bouillie de chips n'était pas une spécialité locale et que Tristan pouvait, s'il le voulait, se chercher un ami plus honnête dans le village, il y avait bien d'autres candidats, mais Tristan ne trouvait pas ça grave. Pour lui, le papriboulga était même un bon concentré d'énergie. On devait absolument en donner aux soldats de son pays, estimait-il, comme ça ils gagneraient la guerre tout de suite.

Le papriboulga se composait d'un volume d'eau pour deux volumes de "résidus" – à savoir les chips, prise accessoire de tout collectionneur, écrasées dans un sachet fraîcheur à l'aide d'un pilon bricolé à cet effet. Ça, c'était le travail de Tristan, et tandis qu'il broyait finement les morceaux de chips, Jimmy se chargeait de porter l'eau à bonne température. Durant l'année, ils avaient testé toutes sortes de proportions et d'arômes, mais ce qui donnait le meilleur résultat, c'était un mélange de chips au paprika et d'eau tout juste frémissante, pour une consistance plus onctueuse. Il fallait remuer, laisser infuser un instant, puis remuer à nouveau. Jimmy maniait la cuiller en élégantes arabesques, à l'exemple d'un chef cuisinier qu'il avait vu à la télé. Mais l'ingrédient majeur, c'était peut-être la confidentialité : ils devaient procéder sans être vus, au fond du hangar – ce qu'ils faisaient maintenant – et avaler le tout en vitesse, mais à petites bouchées, comme s'ils risquaient une punition corporelle dans le cas où on les prendrait sur le fait.

Ils mangeaient côte à côte, plus ou moins au même rythme, dans les petits bols en porcelaine que Jimmy avait empruntés au service douze pièces du mariage de ses parents. La préparation avait exactement le goût qu'il fallait, et même meilleur goût, car c'était peut-être la dernière fois.

Avec Tristan, Jimmy avait un jour rêvé à voix haute d'ouvrir un restaurant qui ne proposerait rien d'autre que de la purée de chips, servie en petites portions pratiques à emporter. Les clients pourraient faire eux-mêmes leur mélange à base d'eau, de lait ou de jus de fruits associé, pour les chips, à l'arôme de leur choix (comme les Grills, ou les Cheetos, dont il avait fini par amasser une grande quantité de résidus). Un panaché d'arômes coûterait cinq francs de plus et il y aurait chaque semaine une suggestion du chef (le papriboulga, invariablement). Le Petit Kosovo abritait déjà tout le matériel nécessaire : une vieille caisse enregistreuse, des barquettes à frites, un comptoir, de grandes feuilles de papier sur lesquelles ils pourraient afficher les prix. L'oratoire de l'autre côté de la route serait leur point de vente, personne ne venait jamais y prier de toute façon et, pour une raison inconnue, il disposait d'une prise de courant, c'était commode pour faire chauffer l'eau.

"Attends-moi ici", a commandé Jimmy une fois le papriboulga terminé. Empoignant son sac à dos, il est parti se cacher derrière le billard. Là, accroupi, il a noué autour du cou sa cravate jaune, sortie de la poche extérieure de son sac. Puis il est réapparu, avec entre ses mains les deux albums ouverts.

"Ça, c'est ma collection de doubles, tout spécialement pour toi ! Tu peux l'avoir, si tu promets d'y faire attention."

Le temps d'évaluer l'enthousiasme de Tristan, Jimmy a encore attendu quelques secondes avant d'extraire de son sac la deuxième cravate, rouge vif. Il voulait s'assurer que Tristan comprenne la signification de tout ça, qu'il sache combien d'heures s'additionnaient sous ces couvertures cartonnées, qu'il ait conscience de ce que valait matériellement cet insigne honneur et, surtout, qu'il ne se moque pas de lui.

Tristan regardait les flippos avec de grands yeux : "Waouh ! Tu as dû économiser très longtemps pour ça."

Alors seulement, Jimmy a noué la cravate rouge vif – récupérée des mois plus tôt dans le carton d'affaires paternelles à destination des Petits Riens – autour du cou de Tristan.

"Te voilà aussi un vrai collectionneur, maintenant."

Tristan ne savait pas quelle attitude prendre, il lui fallait naturellement s'habituer à ce nœud coulant qui lui serrait la gorge. Malgré tout, Jimmy essayait de continuer sur sa lancée, de prononcer le début du discours qu'il avait en tête. Cette collection, Tristan la méritait, il était son tout meilleur ami, un ami dont il était tellement fier, parce qu'il avait appris à parler sa langue. Et si le public qu'il s'était imaginé en répétant son allocution était absent, ça n'avait pas d'importance.

En feuilletant d'abord le premier classeur, Jimmy a fait l'inventaire de tout ce que Tristan possédait à présent, de tous les pièges qu'un collectionneur devait éviter. Ce n'est qu'ensuite qu'il lui a montré l'album contenant les exemplaires rares. Et la bonne méthode pour nettoyer, avec un matériel adéquat, les empreintes de doigts gras sur les pochettes en plastique transparent.

Tristan pouvait enfin se faire une idée de la manière dont Jimmy avait occupé les matinées que lui-même passait à la piscine. Visiblement impressionné, il l'a remercié au moins cinq fois.

"Alors, ces classeurs, tu ne veux pas les remporter chez toi demain ?

— Non, mais on pourra toujours les mettre en pension avec les miens."

Jimmy a lancé plusieurs coups d'œil de côté, pour voir quelle forme prenaient leurs ombres maintenant qu'ils portaient chacun une cravate. Effectivement, ils étaient devenus gigantesques.

"Cher collègue", a déclaré Jimmy avant de se placer devant Tristan pour lui desserrer, puis resserrer la cravate. "Quand nous portons cette cravate, nous devons tout nous dire franchement. Ça fait partie du métier, pas vrai ?"

Il attendait la réaction de Tristan, qui n'approuvait pas et n'objectait pas non plus.

"Oui, ça en fait partie, comme indiqué dans notre manuel secret, a fini par se répondre Jimmy. Imagine que moi, j'aie un plan, eh bien, je devrais tout te raconter sur ce plan, dès le départ."

Maintenant que Tristan connaissait le talent de Jimmy pour les maths et le néerlandais, mais aussi pour les collections, il voudrait peut-être modifier son plan.

"Je peux très vite et très facilement trouver une foule de gens pour organiser un rassemblement, par exemple une retraite aux flambeaux, ou lancer une pétition – s'il y en a un de qualifié pour ça, c'est bien moi –, et on irait manifester sur le parking de chez Aldi. En plus, après l'épreuve de tout à l'heure, vous savez que je supporte l'eau et le froid, alors le mauvais temps, ça ne me fait pas peur !"

Tristan le regardait d'un œil encore plus vague. Il pouvait à tout moment ôter sa cravate et appeler Jetmira, ce n'était pas trop tard, Marita aurait le temps de passer l'épreuve du bain de glace avant la fin de la journée.

"Jetmira pense que tu vas refuser de participer si je te raconte tout. Alors plus tard tu es au courant, mieux c'est, a-t-il soudain murmuré.

— Et pourquoi c'est mieux ?

— Parce que comme ça, il te reste moins de temps pour t'inquiéter, ou pour t'en aller."

Tristan s'est levé, a fait tourner sa cravate dans son dos pour qu'elle ne gêne pas ses mouvements, s'est dirigé lui aussi vers le billard et, s'agenouillant devant le compartiment où était rangé le triangle, en a sorti un petit dossier cartonné. Puis il est revenu auprès de Jimmy et lui a mis le dossier sous le nez.

"Tiens, regarde, mais tu dois promettre de ne pas nous laisser tomber."

Jimmy s'y est engagé sans réfléchir. Tristan lui a confié la chemise en carton. Elle contenait deux pages internationales du *Standaard*, pliées en deux. Jimmy les a dépliées, mais difficile de savoir, entre tous ces articles, lequel il fallait lire. Tristan a fait pivoter le journal entre les mains de Jimmy, posant l'index sur le bon encadré – un texte court, sans photo : en Allemagne, un demandeur d'asile avait empêché un attentat terroriste à bord d'un train ; après avoir survécu à de très graves blessures, il s'était vu offrir un titre de séjour.

Sachant dorénavant ce qu'il devait chercher sur l'autre page, Jimmy a tout de suite repéré le bon article, cette fois illustré d'une photo : dans une ville en France, un immeuble incendié devant lequel un homme posait avec un bouquet de fleurs. Cet Algérien avait grimpé de balcon en balcon jusqu'au quatrième étage pour sauver un enfant, puis était redescendu, le bambin accroché à son cou, sous les applaudissements nourris des badauds. L'État lui avait promptement accordé la nationalité française, ainsi qu'à sa femme et à son fils.

Tristan, regard de braise, fixait Jimmy : "C'est ça, notre plan. Un acte héroïque. Je vais sauver quelqu'un et comme ça, je serai un héros dans tout le pays et le roi me donnera une médaille, avec un certificat et la nationalité belge."

Il avait prononcé les plus difficiles de ces mots en mettant l'accent sur les mauvaises syllabes. Le dos droit, il a posé sa main sur son cœur, comme si la cérémonie était déjà en cours et qu'on pouvait à tout instant lui épingler sa décoration. Quant à la cravate, elle pendouillait entre ses omoplates, minuscule cape de super-héros.

Jimmy a approuvé de la tête. "Et moi ? Tu veux que je cherche avec vous quelle sorte d'acte héroïque on pourrait faire ? Vous me donnerez une mission ?"

Derrière eux, la porte du hangar a grincé.

"Tristan ?"

Jetmira est entrée dans le bâtiment.

"Vous venez manger ?"

Tristan a précipitamment arraché les pages de journal des mains de Jimmy. Puis, avec deux doigts, il s'est zippé les lèvres.

Plongeant sa cuiller dans son goulasch, qui contenait les pommes de terre, les oignons et les poivrons fraîchement récoltés, Jimmy en a extrait un morceau de poulet avant de le laisser s'enfoncer à nouveau. Allait-on lui demander de mettre le feu à une maison ? D'aller à l'église pour la messe de sept heures avec, autour de la taille, une ceinture d'explosifs de fabrication artisanale ? Ou alors, non, c'était lié à son père : est-ce que Tristan comptait le débusquer en se servant de Jimmy comme d'un appât et ainsi le forcer à rembourser toutes ses victimes dans le village ?

Les Ibrahimi mangeaient à l'intérieur, autour de la table en bois sombre. La place d'honneur était laissée à Jimmy. Il avait enlevé sa cravate pour le dîner et demandé à Tristan de faire pareil. Toute la famille était réunie, pour la première fois depuis la lecture de l'avis d'expulsion le matin même et pourtant, la conversation ne portait pas sur ce sujet. Les enfants racontaient ce qu'ils avaient fait, avec qui ils avaient traîné pendant la journée. Leur mère les a priés de parler en néerlandais, de sorte que Jimmy puisse suivre ce qui se disait. Dans les silences ménagés entre les échanges transpirait l'idée que tous ces loisirs, toutes ces amitiés, pouvaient subitement prendre fin.

Jetmira ne disait pas un mot concernant les épreuves. À Jimmy, heureusement, on ne demandait rien, il aurait risqué de vendre la mèche.

Lavdi et sa mère s'étaient surpassées en cuisine. Après le goulasch, les convives ont eu droit à une grosse part de feuilleté au fromage et aux épinards. Jimmy regrettait d'avoir l'estomac déjà farci de papriboulga.

Le père de Tristan mangeait dans un silence qui paraissait insondable. Jimmy n'osait jamais regarder cet homme très longtemps, pour ne pas donner l'impression qu'il examinait la cicatrice sur son visage. Tristan lui avait dit que M. Ibrahimi n'était plus le même qu'au Kosovo, comme si seule une partie de lui avait pris la route de l'exil. En Belgique, la barrière de la langue le rendait si dépendant de ses enfants qu'il leur demandait aussi de l'aide pour des actes ordinaires qui n'avaient rien à voir avec les mots et qu'il aurait accomplis lui-même dans son pays, comme faire du café ou tuer un poulet.

Après le repas, les jeunes sont sortis dans la cour jouer à la balle au prisonnier, puis ils ont pris place sur la moquette du salon pour un Pictionary. La mère de Tristan participait aussi pour la première fois, depuis son fauteuil. À la grande joie des enfants, elle a dessiné un mouton, non pas n'importe quel mouton, mais celui de la famille, qu'ils avaient laissé au Kosovo et qui s'appelait Re, "nuage", en albanais.

"Re !" se sont exclamés les jeunes Ibrahimi tous en même temps. L'un d'eux a éclaté en sanglots, aussitôt consolé par ses frères et sœurs. Ensuite, ils ont continué en albanais, s'excusant auprès de Jimmy et traduisant pour lui.

Voilà comment c'était de faire partie d'une famille nombreuse, songeait-il. Les Ibrahimi représentaient à eux seuls une collection complète. Jimmy pouvait soudain s'imaginer pourquoi certaines personnes n'éprouvaient aucun intérêt pour le remplissage de classeurs.

Ont été représentés un arrosoir, une école, un facteur, une institutrice et une brosse à dents. Jimmy ne trouvait jamais la solution le premier, il n'était pas tout à fait là et, son tour venu, il avait tellement peur de dessiner quelque chose qui trahirait les projets de Tristan et de Jetmira qu'il s'est contenté de reproduire l'armoire en face de lui – personne n'a deviné.

Il attendait avec impatience l'heure du coucher, quand on les enverrait là-haut, lui et Tristan, dans la chambre aux matelas, où ils pourraient s'épater l'un l'autre, se raconter des blagues, former des ombres chinoises au plafond avec les pieds et les mains. Déjà capable de faire le poirier contre le mur, Jimmy allait prouver qu'il le faisait aussi sans appui. Et s'ils proposaient de monter au même moment que les petits, ils auraient encore plus de temps pour s'amuser, avec en outre la présence d'un public pour leurs numéros de cirque.

Le soir commençait à tomber.

Tout d'un coup, quelqu'un a appuyé sur l'interrupteur du plafonnier, jetant sur le salon une lumière crue qui empêchait d'apercevoir le jardin obscur derrière les reflets dans la baie vitrée.

Le père de Tristan a baissé les volets roulants et verrouillé les portes extérieures. Un voile d'anxiété semblait s'abattre sur tous les membres de la famille, comme si le bouclage de la maison emprisonnait avec eux une chose terrible. Les plus petits, qui n'avaient pas encore été envoyés à l'étage, se sont blottis contre leurs aînées. Pour aller aux toilettes, il fallait se faire accompagner par le père de Tristan, personne ne quittait plus la pièce tout seul. Tristan lui-même devenait moins loquace, moins autonome, il ne ressemblait plus au garçon qui avait fait manger un escargot à Jimmy quelques heures auparavant. Jetmira et ses parents étaient engagés dans une morne conversation dont Jimmy, même s'il n'entendait pas prononcer son nom, se sentait l'objet, vu qu'ils regardaient dans sa direction avec, aux lèvres, un sourire compensatoire.

Par groupes de deux ou trois, main dans la main, tout le monde est parti se brosser les dents, passant d'abord par la cuisine, où les restes du dîner refroidissaient sur la gazinière, pour rejoindre ensuite le bâtiment arrière, qui abritait la buanderie et la salle de bains. Tristan y est allé en dernier, avec Jimmy. Au début, Jimmy avait cru que Tristan cherchait sa main, tant ils marchaient près l'un de l'autre, mais lorsqu'il a voulu prendre la sienne, Tristan a reculé.

Ils se sont lavé le visage et les pieds, chaque membre de la famille possédait un gant de toilette d'une couleur distincte, posé sur le rebord de la baignoire. Tristan a partagé son gant avec Jimmy.

Les petits n'osaient pas monter se coucher sans les grands et les grands ne voulaient pas non plus que les petits soient seuls là-haut, a expliqué Tristan. C'est pourquoi, tous les soirs, on restait groupé dès que la nuit tombait et on allait au lit à la même heure.

En revenant de la salle de bains, Tristan a verrouillé derrière lui chacune des portes qu'ils franchissaient, des portes restées ouvertes toute la journée et dont Jimmy ne s'était jamais rendu compte qu'elles possédaient une serrure.

Tristan sursautait à chaque tour de clé, se tassait un peu pour ne plus se redéployer. Brusquement, Jimmy a compris à quoi lui faisait penser l'attitude de Tristan : à celle d'écoliers rassemblés sur le terrain de sport pour leur première alarme incendie, ne sachant pas encore qu'il s'agissait d'un exercice d'évacuation.

À présent, de l'entrée au séjour, il y avait trois portes fermées à clé. Tristan et Jimmy étaient revenus auprès des autres. M. Ibrahimi a bloqué la dernière porte au moyen d'une chaise. Jimmy le regardait faire en silence. Jusque-là, il s'était demandé si Tristan voulait l'empêcher de fuir l'opération de sauvetage prévue le lendemain, mais la barricade dressée par le père de famille clarifiait les choses : il ne s'agissait pas de garder quelqu'un à l'intérieur, il s'agissait de maintenir quelque chose à l'extérieur. Plus le père de Tristan laissait paraître sa nervosité, plus ses enfants se massaient autour de lui.

"Vous pensez qu'on va vous cambrioler ? Est-ce qu'il y a des brigands dans le secteur ? a chuchoté Jimmy à l'oreille de Tristan.

— Avant, nous n'avions pas peur du noir. Mais maintenant, dès que nous fermons les yeux, nous sommes dans la montagne."

La petite troupe réunie au pied de l'escalier semblait se diviser en deux, les filles d'un côté, les garçons de l'autre.

"Normalement tout le monde dort ensemble, mais cette nuit, nous ne voulons pas qu'une des filles se réveille et te prenne pour un inconnu."

Depuis qu'il faisait noir, Tristan ne parlait plus qu'à la première personne du pluriel.

"Mais je ne suis pas un inconnu ! Je prends très peu de place, tu sais, je peux me faire tout petit en dormant." Le "je" de Jimmy paraissait dérisoire face au "nous" de Tristan.

Jimmy s'apprêtait à gravir l'escalier, il se trouvait à vingt marches tout au plus de la paradisiaque chambre aux matelas, et même si l'ambiance n'était pas aux acrobaties, le simple fait de pouvoir dormir dans cette pièce raccommoderait bien des choses.

Ses arguments tombaient à plat – Tristan ne faisait aucun effort pour attirer l'attention des adultes sur les objections de son ami. M. Ibrahimi a embrassé ses filles, Mme Ibrahimi ses fils. À Jimmy, elle a fait un câlin, avec son odeur épicée, ses longs cheveux épars et ses seins lourds en liberté sous son tee-shirt. Ensuite, elle a précédé ses filles dans l'escalier, portant Paola sur un bras. Le père et les frères de Tristan, restés au rez-de-chaussée, les regardaient faire un signe de la main, comme si elles s'en allaient pour des années. Defrim a fondu en larmes, le bébé aussi s'est mis à pleurer. Lavdi montait la dernière, munie d'un seau métallique. En chemin, elle a défait son chignon ; ses épais cheveux raides lui arrivaient à la taille.

Jimmy n'avait aucune idée de l'endroit où dormiraient les hommes. À sa connaissance, la maison ne comprenait pas d'autre chambre.

Il a suivi Tristan, qui lui aussi avait pris un seau dans la cuisine, jusqu'à la pièce faisant office de garde-robe.

Sur un coin du piano était posée une pile de draps pliés n'importe comment. Il n'y en avait que cinq. Le père de Tristan a donné son drap à Jimmy et s'est choisi un foulard dans le tas de fripes, vérifiant qu'il était assez large pour lui couvrir le corps.

"Installe-toi où tu veux, a dit Tristan.

— On ne va pas chercher des matelas en haut ?

— Pour une seule nuit, ça ne vaut pas la peine."

Jimmy attendait de voir quel était le programme. Le père de Tristan et ses quatre fils se sont attribué chacun une place, l'ont aménagée de la façon la plus douillette possible, écartant les vêtements zippés ou boutonnés avant de se pelotonner comme des chats, dans un sens ou dans l'autre, jusqu'à trouver la bonne position.

"Vous ne vous mettez pas en pyjama ? a murmuré Jimmy.

— Non, au cas où il faudrait sortir."

Tristan avait posé le seau à côté de la porte. Jimmy s'est couché le plus loin possible du seau, mais en même temps au plus près de Tristan, qui lui-même s'était rapproché au maximum de M. Ibrahimi, si bien qu'à eux six, ils n'occupaient que la moitié de la pièce. Defrim et Riad avaient trouvé refuge tout contre leur père, chacun au creux d'une épaule. Naïm était roulé en boule sous le piano.

Les draps exhalaient une odeur de savon et d'air moite qui était aussi celle de Tristan. Maintenant qu'il l'avait identifiée, Jimmy trouvait que Tristan ne sentait pas si bon que ça, après tout. En début d'après-midi, lorsqu'il était venu chercher un slip de bain, ça ne l'avait pas frappé, mais à ce moment-là, il faisait encore jour. La nuit, les odeurs deviennent plus perceptibles, comme la peur.

Bonne nuit tout le monde et que personne ne nous dérange dans nos rêves, a dit Tristan, traduisant le vœu prononcé par son père.

Mais après ces paroles, la lumière ne s'est pas éteinte, l'ampoule au plafond continuait de briller. Jimmy n'osait pas demander si c'était voulu, impossible d'imaginer que les Ibrahimi eux-mêmes ne s'en soient pas rendu compte.

Cette nuit était-elle une autre partie de l'épreuve, avec la complicité de toute la famille, pour voir s'il allait se dégonfler ou s'ils pouvaient au contraire le recruter pour leur opération de sauvetage ? Jimmy énumérait dans sa tête les activités sportives où il ne s'en sortait pas trop mal, mais aucune d'entre elles ne lui paraissait utile pour l'organisation d'un acte héroïque comme décrit dans le journal.

Il observait Tristan, qui fermait les yeux et se recroquevillait en position fœtale. Il scrutait les paupières closes de son ami, attendant qu'elles se rouvrent et que l'épreuve soit proclamée réussie. Alors ils pourraient monter dans la chambre pour se joindre au reste de la famille. Pendant dix minutes, il ne s'est rien passé. Puis Tristan a pris conscience du regard fixé sur lui et s'est vivement tourné de l'autre côté.

Il aurait été plus confortable de dormir à même le sol que sur ces vêtements. Jimmy avait beau changer de position, des bosses désagréables se formaient toujours dans le tissu. Il se représentait sa chambre, sa couette Mickey, son bureau et les posters Tortues Ninja sur le mur au-dessus. Il pouvait s'en aller d'ici, il n'avait qu'à retirer la chaise qui bloquait la porte du salon, tourner trois clés, enfourcher son BMX et rentrer chez lui. Sa mère était sûrement déjà couchée, il avait une clé dans la poche intérieure de son sac à dos, les teckels viendraient sans doute à sa rencontre, il entendait déjà leurs griffes tiquetiquer sur le carrelage.

Mais il ne bougeait pas. Partir, ça voulait dire ne plus jamais oser remettre un pied dans cette maison. Il savait exactement à quoi ressembleraient les lieux en son absence, comment la famille devrait continuer sans lui. Même si les Ibrahimi étaient renvoyés dans un pays dont il n'avait qu'une vague notion, il pouvait mieux s'imaginer leur vie sans lui que sa propre vie sans eux – sa chambre, sa couette, sa collection de flippos, il ne saurait pas comment faire.

Compter soixante fois jusqu'à soixante et recommencer huit fois, voilà combien de temps il faudrait avant que le soleil se lève, avant que les oiseaux se mettent à piailler, que les premières voitures passent dans la rue, que le cri d'un coq se fasse entendre quelque part et que les cloches de l'église annoncent l'office du matin.

La nuit n'en finissait pas. Les cinq Ibrahimi murmuraient dans leur sommeil des supplications en albanais.

"Jo jo jo", gémissait sans cesse le père de Tristan – c'était l'un des rares mots albanais dont Jimmy connaissait le sens : non non non. Tristan disparaissait sous la couche de vêtements, essayant de s'y cacher, pour en émerger dix minutes plus tard, à court d'oxygène, et ramper vers un coin de la pièce, en animal blessé, enveloppé dans son drap. C'était comme si leurs

âmes se livraient à une guerre qui faisait rage dans une autre dimension.

Là-haut, par instants, quelqu'un criait une phrase inintelligible, après quoi Paola commençait à pleurer, Jimmy pensait avoir reconnu la voix de Jetmira. Il avait honte de sa chambre paisible, où il avait passé toutes les nuits de l'année écoulée. Il avait honte de son lit à étage, dans lequel il avait secrètement remercié la guerre d'exister, et même béni Milošević d'avoir fait en sorte que Tristan soit venu en Belgique.

De temps en temps, l'un de ses compagnons se levait pour aller bruyamment faire pipi dans le seau en métal. Une odeur écœurante envahissait alors la pièce, s'atténuant au bout d'un moment avant d'être ravivée, plus suave et plus complexe, par les remous d'un nouveau jet d'urine. Chaque fois, Jimmy relevait la tête pour voir si ce manège avait réveillé les autres, ce qui était le cas : tout le monde se regardait d'un air ahuri, comme si quelqu'un avait posé à voix haute une question à laquelle personne ne pouvait répondre.

IV

Juste après le petit-déjeuner, ils s'étaient retirés dans le hangar, où Jetmira avait déjà préparé le dossier contenant les coupures de presse. Jimmy a feint la surprise en relisant les deux articles. Au stylo-bille, Jetmira a dessiné en vitesse l'emplacement choisi pour leur acte héroïque : une large bande, un simple trait tout du long, un nuage de gribouillis.

Cet exposé était de la plus grande importance. Pourtant, Jimmy devait faire de son mieux pour se concentrer sur le schéma. Il n'arrêtait pas de revoir la scène, ce matin après manger, quand il avait découvert le sort réservé à ses albums de doubles.

À six heures trente précises, Tristan était venu réveiller Jimmy, qui n'avait trouvé le sommeil qu'aux premières lueurs du jour. Toute la famille était déjà levée, lui avait-il dit, son petit-déjeuner l'attendait, œufs au plat et viande, il valait mieux que Jimmy prenne des forces pour l'opération de sauvetage. Le seau d'urine avait disparu.

Plus rien dans la garde-robe n'indiquait que six hommes y avaient passé la nuit.

Jimmy s'était assis à la table encore garnie, face à Defrim qui fourrageait dans son assiette. La Cravate-de-l'Honorable-Collectionneur, toujours avec son nœud de la veille, pendouillait au cou du garçonnet, un peu de jaune d'œuf dégoulinait dessus.

Tristan était sans doute si fier de sa nouvelle collection qu'il avait aussitôt voulu la partager avec ses frères et sœurs – en fait, c'était bon signe.

Mais toutes les forces que Jimmy avait engrangées grâce à la viande et aux œufs sur le plat s'étaient évanouies lorsque, en allant à la cuisine rapporter son assiette, il avait vu l'état dans lequel se trouvait le reste de la collection : les flippos, extraits de leur pochette transparente, étaient éparpillés un peu partout, sur le plan de travail au milieu de la vaisselle sale, près des feux de la gazinière, dans le porte-savon, sur le rebord de la fenêtre entre les pots de cactus, par terre. Lavdi, qui faisait la vaisselle en tongs, marchait dessus sans y prêter attention.

Jimmy avait bien essayé d'en ramasser le plus possible, dans l'idée de les nettoyer tout de suite et de les ranger dans leur classeur, mais d'après Tristan, il était déjà grand temps de partir. Jimmy n'avait pu récupérer que les deux plus beaux exemplaires à portée de main, le numéro 196 et le numéro 223, Daffy Duck en Jules César et Vil Coyote en Albert Einstein.

“OK, a dit Jetmira, je crois que j’ai rien oublié. Maintenant, faites attention, je vous explique.”

La bande correspondait au canal, le trait juste à côté représentait le chemin de halage, la pelote de gribouillis était un buisson.

“Le canal ? s’est étonné Jimmy.

— Aujourd’hui, Tristan va te sauver de la noyade. Tu tombes à l’eau et il plonge après toi pour te ramener au sec.”

La poitrine de Jimmy s’est contractée. Il avait aussi froid que durant l’épreuve.

Secouant la tête, il a reculé de quelques pas.

“Tu veux quand même qu’on reste vivre en Belgique, hein ?”

Jimmy a acquiescé.

“Alors on a besoin de cet acte héroïque.

— Je n’ai pas du tout envie de sauter dans le canal. Essayons de trouver autre chose.

— Tu préfères qu’on mette le feu chez toi pour te sortir de là ensuite ?

— Et tu sais comment ça fait d’avoir peur dans une vraie guerre ? a renchéri Tristan. Pas besoin de t’inquiéter tout à l’heure, parce qu’on va te sauver d’une manière ou d’une autre. La seule chose que tu dois faire, c’est te laisser flotter.”

Il avait parlé d’un ton rassurant, mais ça ne fonctionnait pas vraiment. Tristan était peut-être devenu l’un des meilleurs de l’école en natation, il y avait tout de même une différence entre bien nager avec un seul corps et bien nager avec deux.

"Est-ce que je pourrai descendre par une échelle ?"

Jimmy ne s'était encore jamais mis à l'eau sans planche en mousse. Et ça, Tristan ne l'ignorait pas. Lorsque toutes les planches étaient prises pendant le cours de natation, Jimmy allait dans le petit bassin, un pas devant l'autre, jusqu'au point le plus profond, où il avait tout juste pied.

"Non, pas possible, c'est la partie la plus difficile pour toi, il faut que tu sautes depuis le bord. Mais une fois que c'est fait, t'as plus qu'à m'attendre, ta mission est terminée."

Ils étaient allés chercher beaucoup trop loin. Jimmy pouvait sans aucun effort imaginer plein d'actes héroïques moins risqués, des sauvetages sans la moindre goutte d'eau, qui ne présenteraient jamais de véritable danger. Il pourrait ainsi "s'étouffer" avec un flippo, mais serait secouru par Tristan, qui le forcerait, grâce à une manœuvre énergique, à tout recracher.

"J'ai une bien meilleure solution : on kidnappe le gagnant du *Pigeon Véloce* et on dit qu'on l'a retrouvé. Tu sais combien ça vaut, un oiseau pareil ?"

Tristan n'écoutait pas. Attrapant Jimmy par le bras, il l'a entraîné vers le milieu du Petit Kosovo, jusqu'au muret d'environ un mètre de hauteur qui datait de l'ancienne étable.

"Et d'ici, tu peux sauter, non ?

— Euh, oui… Évidemment.

— Montre-moi pour voir."

À contrecœur, Jimmy s'est hissé sur le muret. C'était tout ce qu'il aurait à faire, aujourd'hui, sauter de cette hauteur. "Tu n'auras qu'à imaginer que l'eau n'est pas là." Tristan a levé la main pour que Jimmy puisse taper dedans au passage.

Jimmy contemplait le plancher des vaches à ses pieds. Flippo n° 131, l'un de ses préférés, celui avec Elmer Fudd et Bugs Bunny en astronautes, tordu par la chaleur à côté du petit feu de la gazinière – les larmes revenaient.

Il s'est élancé, sa main a claqué contre celle de Tristan lors de l'atterrissage.

"Est-ce que les gens vont croire que je suis tombé tout seul dans le canal, ou bien que j'ai sauté ?

— Que tu es tombé, a aussitôt répondu Tristan.

— Oui, mais même si les gens pensent que tu as sauté, c'est pas grave, a relativisé Jetmira. Avec une famille comme la tienne, ils vont comprendre.

— Qu'est-ce que tu veux dire par là ?"

Il savait très bien ce qu'elle voulait dire.

"On prend un ballon avec nous, est intervenu Tristan. Tu as essayé de repêcher le ballon et tu es tombé, d'accord ? Jetmira, explique-lui juste comment on va faire."

Jetmira est restée silencieuse pendant quelques secondes, suçotant son stylo, avant de le poser sur la feuille. À l'intérieur du buisson, elle a dessiné un bonhomme. "OK. C'est là que je vais me mettre. Et toi, Tristan, tu seras ici." Un deuxième bonhomme est apparu sur le chemin de halage. "On est en train de jouer quand, tout à coup, on entend un gros plouf et on te voit flotter dans l'eau.

— D'où est-ce que je pars, exactement, et où est-ce que j'arrive ?" a demandé Jimmy, qui tâchait de se ressaisir du mieux qu'il pouvait. En même temps, il était curieux de voir comment Jetmira allait le représenter – jamais une fille n'avait encore fait son portrait.

"Au début, t'es ici." Avec son stylo, elle a indiqué l'endroit sur le papier. "Et après, tu te retrouves dans l'eau." Encore un point d'encre. Entre les deux, elle a tracé une flèche. Jimmy n'était pas un bonhomme, mais un mouvement. Tout en suivant des yeux la flèche qui se dirigeait vers l'intérieur de la bande, il sentait quelque chose rétrécir dans son thorax.

"Est-ce qu'on peut tomber à l'eau et ne plus remonter parce qu'on se noie directement ?

— Non, il y a de l'air dans tes poumons. T'es comme le ballon de foot : impossible de couler tant que t'as les poumons pleins d'air."

Les choses se passeraient de la manière suivante : Jetmira irait se cacher dans les buissons un peu plus loin. Dès qu'un cycliste approcherait, elle imiterait le cri du coq et c'est à cet instant précis qu'il faudrait entrer en action : ce témoin qui leur était indispensable passerait quelques secondes après.

"Fais le cri du coq pour Jimmy", lui a dit Tristan.

Jetmira s'est cambrée, puis a tendu le cou, menton levé. Son cri consistait en un son grave et perçant, quelque part entre le coq et le pigeon, avec un "ou" qui, Jimmy en avait la quasi-certitude, aurait dû être un "o". Les coqs faisaient cocorico, tout le monde savait ça. Mais c'était peut-être l'imitation d'un coq du Kosovo.

"Quand t'entends ça, tu dois sauter du bord tout de suite et tomber dans l'eau."

Après avoir poussé son cri, Jetmira courrait jusqu'à la rue de la Digue, où elle sonnerait à différentes portes pour réclamer de l'aide et dire aux gens d'appeler les pompiers, la police et une ambulance. Il fallait absolument que tous les services de secours soient présents, ça ferait plus d'effet, et avec un peu de chance, il y aurait aussi quelqu'un du journal – la correspondante de la *Gazet van Antwerpen*, qui était venue interviewer les Ibrahimi, habitait là également.

"Une ambulance ? s'est inquiété Jimmy. On en a vraiment besoin ?"

Sa main a glissé dans la poche de son pantalon et s'est refermée sur les flippos. Automatiquement, il s'est mis à compter les encoches, du bord de l'ongle, d'abord la grande, puis les plus petites, une par une, en faisant tourner la rondelle entre ses doigts – sept étapes avant de revenir à la grande encoche. Les flippos avaient tous la même forme, la même surface lisse, il aimait leur façon de tenir tout juste dans sa paume. On prétendait que ces rondelles de plastique servaient à construire des formes complexes ou, comme le suggéraient les spots de pub à la télé, qu'il fallait les empiler pour des parties de chamboule-tout qu'on pouvait gagner à coups de flippo "dégommeur", mais en fait, c'était n'importe quoi : les encoches vous permettaient de compter jusqu'à huit, point final, et à cet égard elles ne vous décevaient jamais.

"Normalement non, pas besoin d'ambulance, mais là, c'est mieux pour l'histoire, ça fera une plus forte oppression."

Impression, avait-il envie de rectifier. C'était une faute que Jetmira commettait régulièrement, mais cette fois, Jimmy préférait laisser passer.

"Tantôt, quand on sera sur place, ça ira tout seul. Encore une question ?" La voix de Jetmira s'était enrouée, à cause des nerfs, ou bien d'avoir tant crié durant la nuit.

"Comment ça se fait au juste que je sois le premier sur votre liste ?" Jimmy n'avait pas trop besoin de réfléchir pour trouver des idées de question, elles se bousculaient sur le bout de sa langue, alignées comme dans un rouleau de bonbons Mentos, il aurait pu les presser une à une hors de leur emballage.

"Parce que, dans ceux qu'on connaît, t'es celui qui nage le moins bien. Ça te rend plus crédible.

— Et l'épreuve d'hier, alors, elle servait à quoi ?"

Tristan a tenté de le lui expliquer, cherchant ses mots et fixant la pointe du stylo-bille que Jetmira faisait sortir et rétractait en un cliquètement compulsif : ils avaient voulu vérifier que, dans l'eau glacée, la personne qui participerait à cette opération de sauvetage ne se bloquerait pas. C'est ce qu'ils avaient vu se produire chez une fille qui disait nager mieux que tout le monde quand on les avait poussés par-dessus bord à cinq cents mètres des côtes italiennes.

"Il n'y avait pas d'adulte pour la tenir sous son œil, et quand elle a touché l'eau froide, elle a eu un choc, si fort que ça l'a bloquée."

En moins d'une minute, avant même que quelqu'un puisse l'aider, elle avait coulé comme une pierre.

"On dit prendre sous son aile, ou alors tenir à l'œil", a corrigé Jimmy. Il ne pouvait pas se résoudre à laisser passer une faute de Tristan. "Et puisqu'il nous faut absolument de l'eau, pourquoi ne pas faire ça dans l'étang communal ou dans la Petite Nèthe, ou même au Préventorium ? Pourquoi justement dans le canal Albert ?" Il ne parvenait pas à détacher ses yeux du point d'encre sur le papier, comme s'il devait lui-même se maintenir hors de l'eau à la seule force de son regard.

Cette fois, c'est Jetmira qui a répondu, catégorique. Dans les bois autour de l'étang, il pouvait se passer une journée sans que personne ne vienne s'y promener, et il leur fallait des témoins. À la piscine, un maître nageur se chargerait du sauvetage. Tristan et elle avaient effectué une reconnaissance la veille et c'était le long du canal Albert qu'il y avait le plus de passants : beaucoup de retraités pour leur balade matinale à bicyclette, beaucoup de piétons avec chien, des joggeurs, des employés qui allaient au travail à vélo dans la zone industrielle d'Herentals... Et puis c'était un canal royal. Jimmy ne devait pas poser autant de questions, ils avaient bien réfléchi, mieux qu'il les en croyait capables. D'ailleurs, s'ils étaient aussi bêtes que ça, ils n'auraient sans doute jamais atteint la Belgique vivants.

Ils sont partis tous les trois sans drap de bain ni sac à dos. Tristan portait un jogging Adidas noir zippé aux jambes – ça ne faciliterait sûrement pas ses mouvements dans l'eau. Il s'était muni d'un ballon, qu'il dribblait devant lui. Sa mère, supposant qu'ils allaient jouer sur le petit terrain de basket, avait voulu donner à Jimmy une bouteille de soda. Tristan avait refusé.

"Tu nous suis, a-t-il ordonné à Jimmy, mais tu laisses au moins la largeur d'un jardin entre nous." Il valait mieux qu'on ne les voie pas ensemble.

"Marcher à part ? C'est n'importe quoi, quand même, tout le monde sait que je suis ton meilleur ami !"

Tristan et Jetmira ont échangé un coup d'œil.

"Les gens ne doivent pas réduire de notre attitude qu'on prépare quelque chose, a expliqué Tristan.

— Dé-duire, pas ré-duire."

Jetmira et Tristan se sont mis en route devant Jimmy, sans jeter un regard en arrière. Comme il leur fallait prendre la direction du terrain de basket, ils ne sont pas allés au plus court mais ont fait un grand crochet à travers le village.

Jimmy n'avait toujours pas retrouvé sa respiration normale. Il pouvait encore s'esquiver. Cette idée se manifestait à chaque coin de rue ou à l'entrée d'une grande propriété, mais plus il attendait pour se décider, moins il avait le courage d'être lâche.

Presque tous les villageois que Tristan et Jetmira croisaient en chemin les saluaient chaleureusement. Un habitué du bar, qui prenait son café en terrasse, leur faisait signe, agitant dans sa main le petit biscuit offert avec la boisson, que Jetmira a finalement décliné d'un geste amical.

La coiffeuse a levé le pouce derrière le fauteuil de sa cliente.

Un homme qui approchait avec son chien en laisse a demandé à Tristan de lui faire une passe, après quoi il lui a renvoyé le ballon d'un coup de pied ultraprécis.

Au bord de la route, plusieurs dizaines de maisons exposaient à leur fenêtre l'affichette imprimée la veille par Johan. Partout : la photo de famille des Ibrahimi, fixée derrière la vitre. Comme si Jetmira et Tristan traversaient une haie d'honneur composée des mêmes portraits reproduits à l'infini, dont le leur.

La gérante du magasin de décoration, occupée à laver sa voiture, a pointé du doigt le tract qu'elle avait scotché en devanture de la boutique et sur le côté de sa camionnette. Deux chandelles brûlaient pour la cause, a-t-elle lancé.

Le père d'un élève de maternelle, que Jimmy avait déjà aperçu à la sortie de l'école, leur a remis deux pièces de monnaie.

Pour Jimmy, pas de pouce levé, pas de ballon, pas de piécette. Aucun de ses concitoyens ne semblait vraiment savoir qui il était. Ou alors ils le savaient justement très bien, ils avaient entendu parler de ce que son père avait fait des primes d'assurance de certains villageois et ils ne daignaient pas regarder en face le fils d'un tel individu.

Tristan et Jetmira ont ralenti le pas et se sont engagés dans la rue du Pré d'Eau. Jimmy devait redoubler d'efforts pour ne pas les rattraper. Il avait l'habitude de leur indiquer le chemin, de leur faire découvrir des choses, de les emmener dans des endroits qu'il connaissait mieux qu'eux.

Ils arrivaient au distributeur automatique de pain. Une vieille voisine, qui promenait son petit-enfant dans une poussette et tenait une miche de pain sous le bras, a montré le nourrisson à Jetmira. Celle-ci, après avoir pincé la joue du bambin et fait quelques grimaces, a dû expliquer comment on disait "mamie" et "bébé" en albanais. C'est alors seulement que Tristan s'est retourné pour voir si Jimmy était encore là. Ce dernier a mis un genou à terre et s'est penché en feignant de nouer ses lacets. Il n'a relevé la tête qu'une fois la vieille dame et la poussette passées derrière lui.

Pourquoi ne pas les jeter à l'eau, elles ? Une grand-mère, ça pouvait se noyer de façon beaucoup plus convaincante et, surtout, n'y avait-il pas d'acte plus héroïque que de sauver un bébé ?

Si déjà les gens ne remarquaient pas Jimmy dans la rue, s'ils ne prenaient pas la peine de le saluer, alors pourquoi se soucieraient-ils de son sauvetage ? Personne dans la commune, excepté Tristan, ne s'apercevrait de son absence. Sa mère garderait de nouveau le lit pendant quelques semaines, mais elle finirait par se reprendre et achèterait deux chiots de plus, mettrait leurs paniers dans la chambre de Jimmy et ensuite, comme après le départ de son père, elle répéterait quotidiennement que jamais elle n'échangerait les teckels contre son retour : "Qui va à la chasse perd sa place."

Jimmy, incapable de se retenir, est tout de même allé farfouiller dans le réceptacle à monnaie du distributeur de pain, mais non, rien, et après tout c'était peut-être mieux comme ça, la mitraille dans ses poches ne ferait que gêner son maintien à la surface de l'eau.

Au bout de la rue du Bac, ils ont longé le pavillon de plain-pied. Cela faisait longtemps que l'étendard noir et jaune au lion de Flandre flottait sur le toit plat de ce bâtiment, mais ses habitants, après l'arrivée des Ibrahimi, y avaient ajouté, à la fenêtre, un poster orange et noir dont le slogan sur les réfugiés ne pouvait heureusement pas se lire depuis la route, car Tristan devait passer devant tous les jours pour aller à l'école.

Depuis l'installation au village de la famille kosovare, quelques-uns s'étaient plu à ne pas offrir leur aide et, comme si ce manque d'empathie ne suffisait pas, ils avaient tenu à le faire savoir en personne. Un jour à la sortie de l'école, le propriétaire du bungalow s'était adressé à Tristan, lui reprochant de porter des vêtements de marque, plus chers que ceux dont il habillait ses propres enfants sur son seul salaire de magasinier, à temps plein.

Tristan était resté calme pendant ce discours, formant une coque avec ses doigts en guise de pavillon supplémentaire derrière sa mauvaise oreille. Jimmy avait admiré sa politesse, mais une heure plus tard, quand il lui avait demandé, en pleine séance de désherbage dans le potager, s'il connaissait le sens du mot "jalousie", Tristan avait balancé les pommes de terre pourries contre le mur avec une telle force que Jimmy n'avait pas insisté.

Lui-même savait très bien ce qu'était la jalousie. Combien de fois, le mercredi après-midi à la piscine, n'avait-il pas dû constater de ses propres yeux, depuis le petit bassin, les progrès accomplis par Tristan ? Bien sûr, il s'était réjoui pour son copain lorsque celui-ci, après quelques mois d'entraînement grâce à M. Pieters, avait pu rejoindre les nageurs de sixième année dans le grand bassin, mais ce n'était pas drôle de le voir oser, sans planche de natation, prendre place sur le plongeoir et glisser sous l'eau, faisant son âge des pieds à la tête : douze ans.

Tristan pouvait parler, quand il avait dit que Jimmy était le seul de sa connaissance à ne pas savoir nager. Si M. Pieters n'avait pas mis un point d'honneur à lui faire obtenir son brevet de 1 500 mètres, Tristan ne serait pas devenu un as de la natation et lui aussi se débattrait comme une guêpe dans un verre de grenadine. De plus, il ne lui était pas venu à l'esprit de transmettre à Jimmy les petits trucs et les conseils donnés par M. Pieters, comme lui-même le faisait avec l'ensemble du programme scolaire.

Ils atteignaient la station-service automatique juste avant le pont, un ancien garage où le fils du gérant réparait à présent des vélos. Une voiture de police stationnait à la pompe et un agent faisait le plein, tandis que l'autre bavardait avec le mécanicien. Les mouvements de Tristan ont tout de suite semblé trahir une sorte de frayeur. Il a saisi Jetmira par le bras et s'est précipité avec elle vers le trottoir d'en face.

Jimmy aurait préféré ne pas traverser, il avait envie de rester le plus près possible de ces policiers, mais il le fallait bien, Jetmira le regardait par-dessus son épaule.

Ils ont gravi la rampe d'accès au pont jusqu'à ce que, petit à petit, le large ruban gris-brun-bleu du canal apparaisse à leur vue.

En l'absence de maisons avec jardin pour lui indiquer l'écart à maintenir, Jimmy avait laissé Tristan et Jetmira prendre toujours plus d'avance. Ils étaient déjà rendus sur l'autre rive alors que lui-même devait encore entamer la traversée du pont.

D'habitude, il venait ici à vélo. Il s'arrêtait alors au milieu du pont et se penchait par-dessus la rambarde pour contempler l'eau qui s'étirait, bien nette, entre deux bandes d'asphalte gris jusqu'à perte de vue, et aussi les péniches qui passaient de temps à autre, voiture familiale garée derrière la timonerie. L'hiver dernier, il avait observé le cadavre d'un cerf charrié par le courant. Et quelques mois auparavant, on avait retrouvé à Massenhoven, un peu plus en aval, une camionnette ainsi que son conducteur, un quinquagénaire déclaré disparu, qui portait encore sa ceinture de sécurité. Au village, les enfants sommés de ne plus aller jouer près du canal étaient si nombreux que Jimmy avait lui-même demandé à sa mère si elle ne connaissait pas des endroits qu'il ferait mieux d'éviter.

Mais ce jour-là, il longeait le parapet sans jeter un coup d'œil vers l'eau. Son regard devait rester concentré sur le bitume, sur la pointe de ses chaussures.

Tiens, au fait, il faudrait qu'il les garde aux pieds, tout à l'heure. Rien que d'y penser, sa progression devenait plus laborieuse.

Au moment où il parvenait à l'autre l'extrémité du pont, Jetmira et Tristan étaient déjà en bas, sur le chemin de halage. Ils lui passaient dessous. De sa position zénithale, Jimmy les voyait aussi grands l'un que l'autre, Tristan paraissait même être l'aîné des deux, c'était lui qui avait les plus larges épaules.

Jimmy le savait : s'il tournait les talons et s'enfuyait, tout dépendrait alors du beau-frère de Johan, l'avocat. Et si celui-ci réussissait à faire en sorte que les Ibrahimi puissent quand même rester en Belgique, Tristan n'aurait plus envie de consacrer du temps à Jimmy. Il chercherait à se lier avec les garçons de sixième année qu'il côtoyait sur les plongeoirs. Auprès d'eux, il aurait sans arrêt conscience de son âge, commencerait à s'intéresser aux filles et, du jour au lendemain, il serait devenu trop grand pour les flippos. Dans la vie de Jimmy, Tristan apparaîtrait comme il était maintenant, en contrebas, marchant sans lever les yeux ni regarder autour de lui.

Jimmy les suivait sur la piste cyclable. Il ne leur restait plus qu'un peu de marche à faire le long de l'eau. Après avoir dépassé un petit panneau marqué 0,7, ils ont franchi l'intersection avec la rue de la Digue, puis se sont arrêtés à hauteur du panneau 0,8. Jimmy n'avait jamais remarqué ces petits panneaux, ils spécifiaient sûrement le nombre moyen de personnes qui s'étaient noyées sur cent mètres de canal, tout comme les chiffres au jeu du Démineur signalaient combien d'explosifs se cachaient dans les cases avoisinantes.

À côté du panneau 0,8, il y avait une petite échelle. Tristan et Jetmira ont eu un échange un peu vif et ils se sont penchés sur l'eau avant de rebrousser chemin jusqu'au panneau 0,7. Dans leur sillage, Jimmy a fait le même aller-retour.

Ils semblaient chercher l'endroit précis qu'ils avaient déterminé durant la phase de préparation. Un instant, ils se sont immobilisés pour ne pas attirer l'attention d'un cycliste roulant sur la rive d'en face. Une fois le vélo passé, ils ont continué à discuter en albanais. Tristan faisait preuve d'une plus grande confiance en lui, d'une plus forte ardeur que lorsqu'il s'exprimait en néerlandais. Le langage avait beau ne pas avoir d'influence sur un corps en train de nager, Jimmy préférait être sauvé par le Tristan albanophone que par son alter ego néerlandophone.

Il les a rejoints et leur a demandé : “Il y a un problème ? Si vous n'êtes pas d'accord entre vous, on ferait mieux de remettre ça à plus tard.”

L'emplacement qu'ils avaient choisi se trouvait trop près de l'échelle, lui a expliqué Tristan. Jetmira, elle, jugeait que sans échelle à proximité, c'était trop dangereux. Mais ce serait ridicule de sauver Jimmy s'il avait la possibilité de s'en sortir tout seul, estimait Tristan. Jetmira lui a donné raison à contrecœur.

À présent, ils se tenaient sur la bordure herbeuse, tout près du panneau légèrement de travers. Jimmy s'efforçait de regarder l'eau sans ciller, espérant ainsi la contraindre à l'épargner. Mais l'eau ne montrait aucun signe d'indulgence. Si, à la piscine, la surface ne commençait qu'à vingt centimètres sous le rebord, elle était ici encore un bon mètre plus bas.

On devait voir au visage de Jimmy qu'il avait du mal à trouver son souffle, car Jetmira lui a posé la main sur l'épaule : "Détends-toi et respire. Sur le dessus, l'eau n'est pas aussi froide qu'hier dans la baignoire, parce qu'en été, elle se réchauffe avec le soleil. Tout ce que tu dois faire, c'est rester à la surface jusqu'à ce que Tristan arrive, pas plus. Flotter, ça va tout seul, du moment que tu gardes ton calme. Bon, t'as le droit de crier un peu et de taper dans l'eau, pour faire croire que tu paniques. Mais ne va pas vers le bord, au contraire, il vaut mieux partir dans l'autre sens."

Après un silence, elle a ajouté :

"Tu vas t'en souvenir, hein, Jimmy ?

— Oui."

Il avait failli ne pas pouvoir prononcer ce mot.

“Écoute, Jimmy.” Tristan semblait un peu impatient. “T’as pas besoin de paniquer, c’est une opération de sauvetage, pas une opération de noyade. Et ici, c’est pas la mer, juste un canal.”

Juste un canal, a répété Jimmy à haute voix, pas la mer. Mais comment pouvait-il se détendre avec ces deux-là, qui dans le passé avaient vu des gens se noyer sous leurs yeux ? Ils pouvaient très bien décider de filer si ça tournait mal et personne ne saurait jamais qu’il y avait eu un plan, une concertation, que Jimmy était en fait un héros plutôt qu’un abruti qui avait plongé dans le canal Albert pour rattraper un ballon alors qu’il détestait le foot et qu’il aurait été super content si tous les ballons du monde avaient pu disparaître au fond de l’eau.

“Je vais me mettre en place”, a annoncé Jetmira. Elle est repartie jusqu’au croisement avec la rue de la Digue et a pris position dans les fourrés.

Si Jimmy voulait encore s’éclipser, c’était sa dernière chance. Il lui fallait juste prendre immédiatement ses jambes à son cou.

Tristan et lui se tenaient maintenant côte à côte sur la piste cyclable. Leurs manches de pull se frôlaient. Quelque chose dans le regard de Tristan dissuadait Jimmy de s’en aller.

“Ça va bien se passer, lui a dit Tristan, à deux reprises. Je te sauve, tu nous sauves. Je ne vais pas te lâcher des yeux, tu ne vas pas me lâcher des yeux. Entre nous deux, il y aura une corde invisible pour les autres, on sera les seuls à la voir."

Jimmy a hoché la tête. En tendant l'oreille, on se rendait compte que le clapotis de l'eau contre le quai suivait un rythme, pareil aux mouvements de la brasse.

Si leur stratagème fonctionnait, Tristan recevrait une médaille, ou un pin's, ou une autre décoration de ce style, peut-être même qu'il passerait au journal télévisé du soir. Le présentateur lui demanderait où il avait appris à nager aussi bien, M. Pieters serait invité à réagir devant la caméra. Est-ce qu'on interrogerait aussi le rescapé ? Jimmy avait-il eu peur, éprouvait-il de la gratitude ? Non, même pas peur, répondrait-il, et oui, bien sûr, il devait à son copain d'être toujours vivant. Et puis, qui sait si son père ne l'appellerait pas après l'avoir vu à la télé ? Ce serait l'occasion pour Jimmy de lui lire son bulletin de notes.

Tristan a passé son bras autour de l'épaule de Jimmy et l'a serré contre lui. Durant quelques secondes, ils sont restés immobiles, le ballon posé à leurs pieds. Jimmy, qui avait cru l'entendre pousser un sanglot, s'est écarté de lui pour vérifier, car ça pouvait annuler toute l'opération, mais aucune larme ne coulait et il a aussitôt regretté d'avoir si vite rompu cette accolade.

Ils attendaient en silence, dressant l'oreille. Le canal paraissait augmenter la fréquence de ses clapotis. Jimmy a regardé au loin si une péniche arrivait. Il ne fallait jamais se trouver dans l'eau en même temps qu'une péniche parce qu'elle vous aspirait alors vers son hélice, avait appris Jimmy par le truchement d'un documentaire à l'école, les pales de l'hélice étaient tranchantes, ça vous mixait le corps en milk-shake. Lui, il devait garder le plus d'air possible dans ses poumons, devenir une sorte de ballon. Peut-être fallait-il utiliser le vrai ballon en guise de planche et sauter dans l'eau avec ?

Les différentes possibilités de fiasco se pressaient au bord de son esprit, comme une foule d'élèves jouant des coudes pour sortir dès la sonnerie dans la cour de récréation.

Tout d'un coup, dans le lointain, s'est fait entendre un faible mais irréfutable cocorico. Ça ressemblait étrangement au cri d'un vrai coq.

Jimmy et Tristan se sont regardés.

Et si c'était l'un des coqs du voisinage, qui se serait réveillé en retard et ne chantait qu'à présent ? L'opération de sauvetage se déroulerait sans témoin, elle n'aurait donc aucun intérêt.

Tristan a donné un tout petit coup de pied dans le ballon, qui a touché l'eau en faisant un bruit mat.

Jimmy est descendu le plus bas possible sur la pente bétonnée du quai. Le ballon flottait déjà trop loin pour qu'on puisse l'atteindre – et s'y cramponner – sans avoir besoin de nager vers lui. Jimmy n'avait pas prévu qu'il y aurait du courant.

Il voulait bien sauter, mais ne le pouvait pas. L'eau en contrebas était sombre, presque noire.

Encore le chant du coq, cette fois manifestement de l'espèce kosovare – un qui n'avait pas de temps à perdre.

Les mouvements de Jimmy s'étaient verrouillés et il ne se souvenait plus du code.

Ah oui : ne pas réfléchir, mais agir.

Il sauterait dans l'eau le plus délicatement possible, évitant au maximum de faire des remous, de sorte que ses cheveux restent secs.

Jimmy ne se trouvait pas ici, mais au Petit Kosovo, perché sur le muret, et en dessous, c'était le sol de l'étable.

Juste au moment où lui venait la volonté de se remettre en mouvement, il a senti dans son dos une poussée aussi vigoureuse que sans équivoque, à laquelle il a instantanément opposé résistance. Se débattant, moulinant des bras et des jambes, Jimmy a chuté d'un mètre.

Tout s'est effacé, quelque chose a heurté l'arrière de son crâne, un choc glacé qui lui coupait la respiration. Ce n'est qu'après cette sensation de froid qu'il a pris conscience de l'eau, tout était trempé, ses vêtements avaient capitulé sur-le-champ, son pantalon lui collait au corps, la forme ronde des flippos appuyait contre sa peau, tandis que son pull et son tee-shirt, remontés lors de l'immersion, boudinaient sous ses aisselles.

C'était étourdissant, cette obscurité, cette absence de perspective, de repères, de surface, jamais il n'avait perdu autant à la fois. Il pédalait, griffait, crochait autour de lui, mobilisait tout son être pour s'agripper à quelque chose. Interdiction de souffler : sans air, il serait condamné.

Ça fonctionnait, il ne coulait plus, une force délicate le poussait vers le haut, il perçait la surface, happait une bouffée d'air, sans que ses yeux brûlants puissent voir quoi que ce soit, juste le flou d'une digue de béton, abrupte et beaucoup trop haute, qui le surplombait. Aucun signe de Tristan, Tristan était parti, non, Tristan était toujours là, Tristan l'appelait.

Jimmy est redescendu, vers les ténèbres. L'eau avait un goût de terre, de moisi, comme l'escargot de la veille, il en avalait des gorgées, oh non, il devait rester un ballon, rempli d'air.

Mais voilà maintenant qu'il remontait, toussait le nom de Tristan, puis s'enfonçait à nouveau.

Noir, blanc, obscurité, lumière, rouge, vert, disparu, activé, éteint, dessous, dessus – il était un pixel sur un écran de télévision pendant que quelqu'un zappait.

Un court instant, il a cessé de remuer, comme Jetmira le lui avait dit : en se détendant, on flotte tout seul. L'eau qui l'enveloppait s'apaisait un peu, il n'y avait plus que le bourdonnement de son propre sang et, tout autour, un silence massif, une absence de bruits nets. De ses vêtements s'échappaient les dernières bulles d'air cherchant le chemin le plus court vers la surface, en effervescence le long de son dos, de sa nuque. Il flottait, mais n'émergeait toujours pas, l'eau le retenait par ses milliers de mains, lui arrachait l'une de ses chaussures.

Le voici qui se remettait à pédaler. D'un pied lourd, d'un pied plume. Il pédalait depuis une éternité. Encore une gorgée d'eau. Et une autre.

Il avait perdu le compte des tasses bues. Quant au ballon de foot, il était introuvable.

Peut-être que ça se passait comme ça, la noyade : d'abord, c'est toi qui avales de l'eau et après, c'est l'eau qui t'avale, de l'intérieur.

Il revenait à l'air libre, entendait Tristan continuer à l'appeler – un son lointain, depuis la terre ferme. Qu'est-ce que Tristan faisait encore là, qu'est-ce qu'il attendait ? Ça devait être un piège, sa sœur et lui suivaient un plan dont ils ne l'avaient pas informé, avec pour objectif de le laisser se noyer, de lui voler son nom, sa date de naissance et son numéro d'élève, de prendre sa place.

Il avait dérivé, s'était beaucoup écarté de la berge. Essayant de garder le nez hors de l'eau, il a renversé la tête en arrière. Impossible d'appeler à l'aide, l'eau l'avait vidé de toute capacité d'articuler un son.

Diverses voix sur la berge.

Jimmy avait entendu plonger, mais ne voyait rien. Une vague s'était formée, elle le submergeait, l'obligeant une fois de plus à ingurgiter une grande quantité d'eau.

Les gens sur le quai criaient des phrases indistinctes, qui s'adressaient probablement à Tristan. Son copain n'était visible nulle part, toujours pas, toujours pas, toujours pas, il avait sûrement perdu connaissance en se cognant la tête contre quelque chose au fond du canal, une bicyclette, une voiture, une bétonneuse, un de ces machins que les gens avaient balancés là faute de pouvoir s'en débarrasser chez les Ibrahimi, il ne remonterait jamais, on l'enterrerait à côté de lui-même dans le cimetière pour enfants. Mais non, attendez : Tristan arrivait, fendant la surface de l'eau. Il avait rejoint Jimmy en brasse coulée, il était tout près, lui soufflant au visage une brume de gouttelettes.

Les mains de Tristan le saisissaient déjà. D'abord, par réflexe, Jimmy s'est battu contre ce corps lourd qui le ceinturait et le déséquilibrait, mais ensuite, lorsqu'il a finalement cessé de lutter, tout son poids s'est reporté sur Tristan.

Celui-ci a étendu Jimmy sur le dos, l'a pris par les épaules, s'est allongé sous lui, ils devenaient un bus à impériale. Jimmy sentait la puissance des pectoraux contractés à bloc, le battement soutenu des jambes : l'eau qui devait les laisser passer cherchait à se faufiler entre eux.

Ils n'échangeaient pas un mot. Jimmy tentait de s'abandonner entièrement, de tout son poids, de chacun de ses muscles, sans résister. Il ne s'occupait que de sa respiration et de ses sens.

Le ciel au-dessus de lui était couvert, il voyait les nuages dériver dans l'air plus ou moins à la même vitesse qu'eux-mêmes dans l'eau. Une voiture de police traversait le pont sans se presser.

Jetmira s'est mise à crier quelque chose. Elle se tenait parmi les voisins mobilisés, trois ou quatre au total, qui s'égosillaient et agitaient les bras en direction du véhicule. Tristan avait emmené Jimmy encore plus loin de la rive, sans perdre son calme, il savait ce qu'il faisait, contournant les remous et les clapotis aux abords du quai pour suivre la trajectoire qu'il s'était fixée, battement après battement.

Deux policiers avaient passé la tête par-dessus le parapet, l'un d'eux hurlait des instructions d'une voix grave.

Puis les agents sont repartis. La sirène s'est déclenchée – un vacarme très proche, qui semblait en même temps venir de partout. Jimmy flottait tellement près de Tristan qu'il a senti le choc se produire. Les mouvements de son ami se sont figés. Tristan était transformé en pierre. Le poids de leurs deux corps a basculé sur Jimmy. Ils ont aussitôt disparu sous la surface.

Jimmy voulait rassurer Tristan, lui dire que ce n'était qu'une sirène de police, les agents ne lui voulaient pas de mal, aucun danger ne le menaçait – il cherchait à sortir la bouche de l'eau pour lui parler, mais la plupart de ses mots se faisaient engloutir.

Il n'avait pas le choix : il devait se délester de cette pierre. Au prix de pénibles contorsions, il a rompu l'emprise de Tristan, s'est éloigné tant bien que mal.

La suite, pour Jimmy, ne fut qu'une succession d'images fixes apparaissant chaque fois qu'il parvenait à refaire surface. L'agitation sur le quai, les gens qui s'exclamaient, quelqu'un qui courait au loin vers la cahute de l'éclusier, la silhouette agenouillée de Jetmira qui lui tendait la main, le gyrophare bleu enfin tout proche, le silence quand on a coupé la sirène, l'agent qui s'est défait de sa veste et de ses chaussures, le regard dans les yeux de Tristan, ou plutôt : le vide dans les yeux de Tristan.

Ce court roman est inspiré de l'histoire des Zenelaj, une famille de dix personnes qui, fuyant la guerre au Kosovo, s'est retrouvée en novembre 1998 dans la commune flamande de Viersel, où elle a été accueillie avec bienveillance par les villageois. Reconnaissants, les parents Zenelaj ont prénommé Albert leur fils né en Belgique. Sous le coup d'un arrêté d'expulsion en 1999, la famille a reçu un soutien massif des habitants de Viersel et l'asile lui a finalement été accordé.

Un grand merci à Rob, Bregje, Michaël, Marscha, Frank, Bowi, Isabel, Isabella, Annemiek, Anita, Astrid, Elske, à tout le monde chez Das Mag et au CNPB.

OUVRAGE RÉALISÉ
PAR SOFT OFFICE
REPRODUIT ET ACHEVÉ D'IMPRIMER
EN MARS 2024
PAR NORMANDIE ROTO IMPRESSION S.A.S.
À LONRAI
POUR LE COMPTE DES ÉDITIONS
ACTES SUD
LE MÉJAN
PLACE NINA-BERBEROVA
13200 ARLES

DÉPÔT LÉGAL
1re ÉDITION : MAI 2024
N° impr. : 2401223
(Imprimé en France)